MOI

Heiko Michael Hartmann

Carl Hanser Verlag

1 2 3 4 5 01 00 99 98 97

ISBN 3-446-18934-3

Satz: Reinhard Amann, Aichstetten
Druck und Bindung: Friedrich Pustet, Regensburg
Printed in Germany

»Viele haben das auch unglaublich gefunden und gemeint, ich bilde mir nur ein, das vor mir im äußern Leben wirklich sich ereignen zu sehen, was sich nur als Geburt meines Geistes, meiner Phantasie gestalte. Ich halte dies nun für eine der spitzfindigsten Albernheiten, die es geben kann. Ist es nicht der Geist allein, der das, was sich um uns her begibt in Raum und Zeit, zu erfassen vermag?«

E.T.A. Hoffmann, Der Heilige Serapion

E I N S

Sie kam auf mich zu. Ihre langen, schönen Haare – war es der Wind, war es ihr leichtfüßiger Schritt? – flatterten dabei habe ich sie war so schön! Oder kenne ich sie vielleicht war sie schon früher, als ich kann mich einfach nicht zu glauben, daß eine so wunderhübsche Frau – sie war nur noch wenige Meter vor mir breitete sie die Arme aus welchem Grund kommt sie ausgerechnet zu mir wurde ganz taumelig! Sie traf auf mich auf wie ein sanftes Geschoß fiel sie mir war fast, als ob sie hatte vor mir gar nicht abgebremst! Der Schwung, den sie dadurch drehten wir uns, eng umarmt, kreisten wir mehrmals hörte ich ihr glückliches Lachen steckte mich bald mußte ich selbst spürte in mir eine nie gekannte Ausgelassenheit! Die Passanten, die uns sahen, mußten wohl glauben, daß ich und sie hatte, mein Gott, einen so warmen weichen Körper, dessen lieblichste Formen ich ganz unverdient an meiner eigenen – oh, warum muß sie wird gleich den Irrtum bemerken, dem sie in einer mir unbegreiflichen Verwechslung hält sie mich für – wen eigentlich? Jetzt löste sie sich ein wenig von mir und blickte mir ins Gesicht. Vor Scham wollte ich dachte, sie würde mich wegstoßen und ausspucken, doch ihre hellblauen Augen – warum glänzten sie schienen irgendwie war etwas mit sanfter Stimme flüsterte sie:

– Doch!

Wie? War es möglich, daß diese wunderbare Frau, eine Frau so schön, wie ich noch nie habe ich konnte es einfach nicht glauben, daß sie hielt mich an den Händen und sagte: Doch! Sollte das mußte doch heißen, daß es keine Verwechslung war! Keine Verwechslung? Ich? Ich war derjenige, den sie indes nickte jetzt und hauchte: Du! Da glaubte ich vor innerer Bewegung wurde mir schwindlig, und ich hatte nie ein tieferes Gefühl des Glücks, als ich spürte auf einmal ihre Zunge kam tief in mir streichelte ihr warmer, weicher, feuchter Muskel spielte betörend um mein, oh, trunkener Gaumen fühlte in diesem Moment schrie jemand –:

– Soo, die Härrn! Jaa, jaas iss wieda so weit!

Was war das für eine scheußliche Stimme plärrte etwas hatte was zu wo bin ich denk ich sah über mir blitzte es war wie ein schrilles Neonlicht blendete mich?

– Jaa, jaa! Auf, auf – also, also, die Härrn! brüllte es durch den Raum, und ich nahm blinzelnd wahr, daß es von einem wandernden weißen Stoff ausging. Was sollte das war es –?

– Jaa! Jaa! Aufgewacht! Aufgewacht, die Härrn! dröhnte es durch das eben noch stille Zimmer. Ich hörte das füßerne Schnappen ihrer Gesundheitsclogs und wußte, daß sie gleich mit übermäßiger Gewalt den Vorhang aufreißen würde. Es ist dies der ekelhafteste Augenblick überhaupt. Draußen ist es stockdunkel, und welcher Sinn kann dem Aufreißen des Vorhangs zukommen, wenn nicht der des lärmenden Triumphierens einer Nachtschwester über das Ende ihrer Arbeitszeit?

– Heut iss Mittwoch! hallte es über sämtliche Patienten hinweg: Mittwoch – als ob das hier etwas bedeuten könnte! Der Drachen stand nun direkt neben mir.

– Sie hammjahn Gummistöpsl von Ihrm Plasmamixer abgebissn! Sie hamm woll wieder geträumt? Wass? Kanns mir schon denkn wovon!

Ein hämisches Stöhnen ging durch den Raum, und die Schwester zog mir das Ding aus dem Mund. Ich hätte vor Scham vergehen mögen. Sie steckte den Stöpsel ein und stemmte ihre Hände in die Hüften.

– Nu, die Härrn! Wie isses? Alle noch lebendig?
Fünf Augenpaare tasteten ängstlich nach einander. Natürlich, alle waren noch da. Ha! Die Schwester lachte belustigt auf und verschwand.
Sie wird in zwanzig bis dreißig Minuten wiederkommen mit einem Wasserbecken zur, wie sie es nennt, Morgensäuberung. Bis dahin bewacht mich das grelle Neonlicht. Auch das Schaben, Husten und Schmatzen der Mitpatienten passen auf, daß ich nicht darüber aufregen, denke ich, aber es gelingt nicht. Um vier Uhr wecken sie, um halb fünf waschen sie, um halb sechs führen sie die ersten Messungen durch!
Morgensäuberung – was soll das? Gehe ich aus? Bekomme ich Besuch? Die Säuberung könnte zu jeder beliebigen anderen Tageszeit wie zum Beispiel wäre der späte Nachmittag viel geeigneter: Dann sind die schlimmsten Alpträume des gesamten Tages gerade beendet, und ein kühler Waschlappen brächte doch gerade dann, wenn ich endlich einmal eingeschlafen bin, reißt man mich – soo die Härrn! Jaa, jaas iss wieda so weit! – aus dem schönsten Morgentraum, den ich möchte am liebsten in ihn zurück, aber mein Ärger über die Willkür, mit der die Patienten dieses Krankenhauses ungeprüften Gewohnheiten und den tariflichen Arbeitszeiten des Krankenhauspersonals unterworfen werden, ist übrigens eine so vollkommene, daß alle, und sogar diejenigen, die künstlich ernährt werden, müssen nämlich sowohl die Essenszeiten als auch die für die Ausscheidungsbedürfnisse vorgesehenen Intervalle streng einhalten. Wem letzteres unmöglich ist, der wird katheterisiert.
Freilich gelten für unsere Abteilung ohnehin Besonderheiten. Besonderheiten, die sich aus den speziellen Umständen unserer Krankheit erklären, einer Krankheit, deren

schreckliche Auswirkungen ich jetzt habe ich einfach keine Lust mehr über diese Krankheit könnte man Tag und Nacht zermartern mich die verfluchten Gedanken hab ich mittlerweile so satt, daß ich statt dessen sollte ich versuchen, die schöne Unbekannte von vorhin – wie sie auf mich zulief und mich umarmte! Ach! Wie oft habe ich in letzter Zeit kommen mir immer wieder hab ich solche Träume, in denen – WER WAR SIE?

Falls Krankheiten irgendeinen Vorteil mit sich bringen, so den, daß sie die eigene, in der Regel miserable Lage klarer vor Augen bringen. Wer bloß einen Schnupfen, ein Jucken auf dem Kopf, ein Ziehen im Knie hat, dem wird nichts Großes aufgehen. Nein, nein, wer tieferer Erkenntnisse teilhaftig werden will, der muß schon richtig krank und vom Schicksal tüchtig durchgeklopft werden. So mancher erreicht die volle Höhe seiner Einsicht gar erst kurz vor seinem Ende, und man fragt sich, was die ganze Erleuchtung dann noch soll.
Eine unsinnige Frage, denn schließlich wird man nicht krank, um mehr Weitblick zu gewinnen, sondern weitblickend, weil man krank ist. Krankheit und Tod haben vermutlich ebensowenig einen Sinn wie Gesundheit und Leben. Sie alle sind eine Folge, auch wenn der Mediziner meist nicht weiß wovon. Die Mittel einer Absicht sind sie deswegen noch lange nicht. Etwas, macht die Bewährtheit kaufmännischen Denkens glauben, etwas, was so teuer bezahlt wird wie eine schwere Krankheit, müsse am Ende auch etwas einbringen. Weit gefehlt, die Erleuchtung gibt es genauso gratis wie die Krankheit selbst, und recht betrachtet, besteht die Erleuchtung gerade in der Erkenntnis

jener Gratishaftigkeit, einer Gratishaftigkeit, die soviel bedeutet wie: Hier ist alles umsonst.

Plötzlich riß jemand von außen die Türe auf – :
Wieder die verrohte Krankenschwester! Es gibt wohl niemanden, der in der Disziplin des dramatischen und aufsehenerregenden Öffnens einer Zimmertüre diese gnadenlose Nachtschwester übertreffen könnte. Sie schob ein schepperndes Wasserbecken ins Zimmer und schrie dabei:
– Soo, die Härrn!
Eine zweite Schwester, eine junge Waschhilfe, kam nach. Sie war noch nicht lange in unserer Abteilung oder aber von Natur aus schüchtern. Selten habe ich sie ein Wort sprechen hören. Meist sieht sie beiseite und kichert. Dies vorzüglich dann, wenn die despotische Nachtschwester ihr übles Spiel mit einem von uns Patienten treibt. Aber auch dann, wenn sich beim morgendlichen Waschen irgendwelche neuen Merkwürdigkeiten an uns zeigen, was wegen unseres besonderen Zustands immer wieder vorkommt, kann sie sich selten beherrschen. Sie hält dann eine Hand vor den Mund und lacht in sich hinein. Hat sie gerade keine Hand frei, neigt sie den Kopf auf die Schulter (immer ist es die rechte), kneift ihre grünlichen Augen zusammen, und ihr Brustkorb schüttelt sich. Ich habe dies genau beobachtet. Denn, auch wenn sie ihre Fingernägel regelmäßig abbeißt, was zur fast muß ich sagen Verstümmelung ihrer ansonsten zarten Hände führt, so ist diese Waschhilfe doch eine der hübschesten Pflegerinnen, die man zu uns läßt. Wenn sie mit ihrem kühlen Waschlappen über meinen aufgedunsenen Körper fährt und dabei mit ihren Augen über ihn hinwegtastet, wünsche ich mir oft

eine neue Merkwürdigkeit an ihm, damit sie länger bei mir verweilt und über mich lacht. Ihr Kichern gibt mir das Gefühl, daß sie zu mir in ein, wenn nicht vertrautes, so doch näheres Verhältnis tritt. Ich ermutige sie dann zu weiterem Lachen, indem ich mitlache. Freilich weiß ich, daß mehrere meiner Mitpatienten ähnlich verfahren und zum Teil sogar aufdringlich sind.

– Härr Dupek! schrie die Nachtschwester, als sie seine Decke wegschlug. Ders ja schon wieder gewachsn!

Dupek lief rot an und grinste, wie er es in den letzten Tagen immer gehalten hatte, wenn die Nachtschwester ihr abgeschmacktes Späßchen vorgebracht hatte. Nee, Herr Dupek! Mein Mann wirdja schon ganz neidisch, wenn ich ihm davon erzähl!

Die Waschhilfe prustete los. Ein erster Höhepunkt des Tages, die allgemeine Stimmung lebte auf. Schließlich, meine Zimmergenossen sind einfachen Gemüts: Zwei Bankangestellte, ein Kioskverkäufer und ein Rechtsanwalt. Die beiden Bankangestellten habe ich von Anfang an nicht auseinanderhalten können. Obwohl sie von zwei miteinander konkurrierenden Banken kommen, gleichen sie sich in Aussehen und Verhalten so sehr, daß ich es ablehne, mir ihre Namen zu merken. Auch ihre Freundinnen, die selbst Bankangestellte sind und oft zu einem Besuch erscheinen, vermag ich nicht zu unterscheiden. Im Grunde gelten mir alle vier als eine unauflösliche Einheit.

Welcher Gegensatz zu Dr. Schlimm, der ein Mann von höchst individueller Natur ist! Ein Mann des Widerspruchs und der Empörung. Einer Empörung, zu der er sich aus seiner Stellung als Rechtsanwalt nicht nur berechtigt, sondern auch verpflichtet zu fühlen scheint. Trotz eines ungünstigen Krankheitsverlaufs unterläßt er es bis heute nicht, sich aller ihm verbliebenen Ausdrucksmit-

tel zu bedienen, seinen Willen und, was noch häufiger ist, seinen Widerwillen mitzuteilen. Es wäre mir dieser Hang zum Mitteilen sicher weniger unangenehm, wenn Dr. Schlimm nicht unmittelbar neben mir läge. Oft habe ich mich gefragt, warum er nicht als Privatpatient und damit in einem anderen Zimmer behandelt wird. Bis jetzt hoffe ich, daß es sich um einen Irrtum handelt, der aufgedeckt und behoben wird.
Die beiden Schwestern machten sich noch immer zu schaffen an Dupek, der darüber glücklich grunzte. Die junge Waschhilfe kicherte in ihre abgebissenen Fingernägel hinein.
– Issja fasschonne Verschwändung bei Ihnen, wass?
Dupek, der Kioskverkäufer. Er wippte selig mit dem Kopf. Ist mal etwas anderes, als immer nur Schnaps und Süßigkeiten zu verkaufen. Bei allem Dumpfen, das diesem Mann eignet, so steht er für dieses Dumpfe doch nach außen hin mit solchem Nachdruck ein, daß es bisweilen Züge von Tollkühnheit annimmt. Wie weit er darin gehen kann, bewies er in zahllosen Konflikten mit Dr. Schlimm, bei denen es in der Hauptsache um das Fernsehprogramm ging. Genau genommen ist es so, daß es immer nur um das Fernsehprogramm geht. Denn die Streitigkeiten über das Öffnen und Nichtöffnen des Fensters, über den Beginn der Nachtruhe oder die Identität des größten Schnarchers, alle diese Streitigkeiten sind im Grunde bloße Spiegelungen des Haupt- und Urkampfs, desjenigen um das Fernsehprogramm. Übrigens ist dieses Fernsehschisma unsinnig und überflüssig, weil Geschmack und Interesse beider Kontrahenten sehr ähnlich und leider durchaus niederen Niveaus sind.
– Sie hammjas Bett ganz vollgeschmiert! Un Siehja auch!
Die Schwestern waren jetzt bei der Gruppe der Bankange-

stellten. Woder Dockdor doch gesacht hat, daß Sie keine Schokolade mehr essn solln!
Die Strenge, die solche Mahnung für den nachfolgenden Waschvorgang, insonderheit für die Reibekraft des Waschlappens regelmäßig im Gefolge hat, ist bei den Patienten unserer Abteilung keine unerwünschte. Eine Reibung, die nur so obenhin und ohne jeden Nachdruck geschieht, bedeutet keine Linderung für den von der Krankheit geplagten Körper.
Währenddessen zeigte Dr. Schlimm ein für ihn typisches Verhalten: War ihm schon die Anteilnahme der Schwestern an Dupeks neuester Entwicklung zu weit gegangen, so fürchtete er jetzt, daß sie sich bei den Bankangestellten zu sehr verausgabten, als daß sich dies für seine eigene Waschung nicht mindernd auswirkte. Er wackelte unruhig hin und her, was auf der Wassermatratze, auf der er lag, ein schnorchelndes Geräusch verursachte.
– Ooh, diehs guut!
Die junge Waschhilfe hatte sich ein Stück von der Schokolade in den Mund gesteckt, die ihr die Bankangestellten anboten. Die Nachtschwester blickte sie scharf an, steckte aber dann selbst mehrere Tafeln ein. Für die Kinder, wie sie bei solchen, übrigens sehr häufigen Gelegenheiten nie zu bemerken unterließ. Aber in Zukunft iss Schluß!
Daß die Bankangestellten über unermeßliche Vorräte an Süßigkeiten verfügen, liegt daran, daß sie wöchentlich einen stattlichen Präsentkorb überreicht bekommen, der durch die angebrachten Werbebänder unschwer als Gabe derjenigen beiden Banken zu erkennen ist, für die sie gearbeitet haben. Obwohl sie nur unbedeutende Kassiererstellungen eingenommen haben, kommt von beiden Banken öfter ein höherer Angestellter vorbei, um sich nach ihrem Befinden zu erkundigen und um über die neueste

Ertragsentwicklung der Filialen zu berichten. Die ungewöhnliche Aufmerksamkeit, die den beiden zuteil wird, mag durch das Konkurrenzverhältnis – sie selber sprechen vom Mitbewerberverhältnis – ihrer Arbeitgeber zusätzlich gesteigert sein, da keines der Kreditinstitute in der Sorge für seine Angestellten zurückstehen will. Aber der tiefere Grund für diesen Eifer ist wohl ein anderer. Jeder, der Zeitung liest, weiß, was über die Mitschuld der Banken an der Verbreitung unserer Krankheit gemunkelt wird.

– Soo, Härr Dockdor, jetz sin Sie dran!

Auch wenn die Nachtschwester den Satz auf das Wort *Sie* hin betonte, so war mir doch klar, daß sie die Behandlung von Dr. Schlimm mit besonderer Härte vornehmen würde. Und wirklich, sie riß die Mikrofibrandecke fort und deutete auf eine Urinlache auf dem Boden.

– Sie hammja schon wiedern Katäta rausgerissn!

Er schüttelte den Kopf und gab ihr mit einer Schulterzuckung zu verstehen, daß ihm die ganze Katheterfrage zum Halse heraushänge.

– Soo! Un wer machtn dess dann wieder sauber?

Er deutete mit dem Armstumpf auf sie. Die Waschhilfe hob die Hand, um hineinzuprusten, aber die Nachtschwester hatte den Patienten schon ergriffen. Sie zog ihm das riesige Nachthemd über den Kopf und klatschte ihm die Fluripollösung aus der braunen Plastikflasche über die aufgedunsene Brust.

– Damits Blut besser fließt!

Das Zeug stinkt fürchterlich, und mir wird schon schlecht, wenn ich's bloß vom Nachbarn her rieche. Der Rechtsanwalt zappelte, verrenkte den Kopf und stieß zahllose Laute des Protestes aus. Es ist immer dasselbe mit ihm. Natürlich weiß ich, daß diese Momente, in denen die barsche Nachtschwester ihn, wie man sagen kann, saugrob

hin- und herknetet, ihm die lustvollsten des ganzen Tages sind. Mit seinem gebieterischen Wesen mag er früher, als er herausfordernde Schriftsätze verschickte und wild auffahrend vor Gericht auftrat, triumphale Tage erlebt haben. Doch jetzt, in seiner körperlichen Hilflosigkeit, ist ihm die Aura des Respekts, die er mit seinem ständigen Meckern und Widersprechen um sich schafft, zur Falle geworden. Ärzte und Schwestern scheuen Auseinandersetzungen und meiden den unentwegt mit Aufsichtsbeschwerden und Zivilklagen Drohenden. Die rüde Nachtschwester ist die einzige, die sich ihm ohne jede Zurückhaltung nähert und seine mühsam vorgetragenen Einwürfe und Beschimpfungen gänzlich ignoriert. Mag es eine besondere Lust am Kampfe sein oder aber eine Rache an allem Höheren und namentlich an allem Doktorhaften, welches sie in Dr. Schlimm, obgleich er kein Mediziner und schon halb vernichtet war, dennoch vollgültig repräsentiert sehen mag – jedenfalls bürstet sie hier über alle Gebühr und dreht dabei den japsenden Rechtsanwalt in alle Richtungen.
– Soo, Härr Dockdor! schrie die Schwester, während der Gesäuberte mit mehreren Körperbewegungen seine Verachtung offenbarte und dabei auf die immer noch schwelende Frage eines Schadensersatzes wegen positiver Vertragsverletzung hinwies. Die Waschhilfe wrang kichernd den Waschlappen über dem Wasserbecken aus, bevor sie der Nachtschwester die Flasche mit dem Deoluzin überreichte. Diese Flüssigkeit hat, auch wenn sie keine heilende Wirkung entfaltet, für unsere Behandlung eine große, um genau zu sein, zweifache Bedeutung: Sie bindet die Ausdünstungen des Körpers, die wegen unserer Krankheit über das übliche Maß weit hinausgehen. Der dabei entstehende Geruch ist, zumal an wärmeren Tagen, für das Krankenhauspersonal, aber auch für uns selbst, kaum er-

träglich. Daneben versetzt jene Lösung nach dem Auftragen in eine wohltuend berauschende und, die Ärzte geben es ungern zu, halluzinatorische Stimmung.
Die Schwester drehte den Anwalt in die richtige Liegerichtung und gab ihm zum Abschied einen Klaps, der durch den Raum schallte. Dann wandten sich die beiden Schwestern von meinem Nachbarn ab. Er war schon in den Bann des Deoluzins geraten, auch wenn er noch mit dem Armstumpf drohte.

Krankheit, jammert man und flucht. Durch irgendwelche Erreger verursacht, ein böses Unglück, zerstörerisch und lebensfeindlich. Lebensfeindlich? antworten die Erreger. Aus unserer Sicht ist es ja das Gegenteil! Ein Gaudium, eine Art Selbstverwirklichung, ein Lebensrausch, der dir nur deshalb so ungesund erscheint, weil du und wir nicht dieselben Interessen verfolgen. Jede Vermehrung ist eine Explosion des Lebens, wenn auch nicht unbedingt des menschlichen.
Was den Sinn und die Kraft des Lebens erst so richtig spürbar macht, denkt sich ein Kranker, ist die Möglichkeit seines Verlustes. Unsinn, dächte er als Gesunder, leben heißt Kampf und Triumph. Gibt es jemand Lebendigeren als den, der nach einem herrlichen Sieg die Arme hochreißen und Ich! schreien darf? Ich! Ich! Ich! Wer lebt intensiver als der Zerstörende? Das Gleichgewicht der Kräfte offenbart sich erst demjenigen als das Geheimnis des Lebens, der das seinige bald verlieren soll.
Aber es ist wohl auch gar nicht das Geheimnis des Lebens, was sich ihm dabei offenbart, sondern nur der Wunsch, es zu behalten. Weiß der Himmel, ob es das Leben als solches

überhaupt gibt es ja die vielen Ichs trotz ihres Zusammenhangs nur einzeln. Welch herrlicher Organismus, glaubt der Betrachter von der Blütenpracht des Baumes. Doch in Wirklichkeit ist es bloß ein verzweifelter Todeskampf, in dem jede Blüte, um bemerkt zu werden, die andere übertreffen muß.

– Hä?
– Herrgott, den Waschlappn sollse mitnehmn!
– Ach so, hihi!
Der Waschtisch war quietschend neben mir angekommen. Eine gewaltige Gesichtsscheibe, ernst und ungefüge, beugte sich über mich:
– Un Sie?
Sie hat eine riesige braune Warze gibt ihr zusätzlich über dem rechten Auge – na, jetzt erst mal dankbar nicken und lächelnd mit den Schultern zucken, damit sie vielleicht aber hatte mich schon hochgerissen, um mir das Hemd über den Kopf zu was fragt sie eigentlich überhaupt, wenn sie mag mich nicht! Sie mag keinen, aber mich mag sie erst als sie das Hemd weg hat, läßt sie mich wieder zurückfallen. Nackt liege ich als ovaler Fleischklumpen fühlt man spöttisch äugelt die junge Waschhilfe über mein Gott, wie sie hat so ein süßes Gesichtchen, das ich am liebsten wär's mir, wenn die Alte hatte aber schon die Fluripollösung über meine Brust geschwemmt.
– Damits Blut besser fließt!
Der Gestank erstickte mich fast. Was hatte ich ihr denn ich spürte, wie ihre unbeirrbaren Riesengriffel das Schmierzeug nimmt einem den Atem! Mit ruckartigem Kreisen rieb sie die Stinkebrühe in die aufgequollene Brust. Will sie bringt mich um die Waschhilfe besser zu sehen, drehte ich

den Kopf: Sie hatte ihr Köpfchen hinter den Fingerchen mit den abgebissenen Nägelchen gluckste sie über mich drängte nach ihr einmal die Knöpfchen des weißen Kittelchens, das sie würde mir vielleicht sogar ist doch schließlich täte sie es bestimmt hat sie einen schönen straffen mit o könnt ich bloß noch einmal mit den Fingern packte mich plötzlich der Nachtdrachen riß mich brutal herum und drückte mich nach unten: Ich sah nur noch die ekelhafte Bettkonstruktion, in der sie mich seit Monaten hält man mich grausam verstümmeln sie mich und – o verflucht! Verflucht! Wie weit einen das alles herunterbringt! Früher hätte ich eine Waschhilfe mit abgebissenen Fingernägeln, die unentwegt kichert und niemals hätte ich mich auf so etwas eingelassen! Abgebissene Fingernägel, nichts hasse ich mehr als mich ekelt geradezu davor!

– Soo, der Härr!

Über mir wütete die Warzentyrannin mit dem Waschlappen. Dabei bekam ich kaum mehr Luft! Sie faßte meine Schultern und wirbelte mir wurde fast flog ich dachte noch, daß sie warf mich aber so geschickt, daß ich strandete an der Waschhilfe weißem o là là – Kittel! Mein Kopf an ihrer – weich und warm floß es mir lebendig übers Gesicht! O wenn ich wollte mich gerade auf ihren Herzschlag konzentrieren, als die Alte mich von hinten spürte ich den rüden Drehgriff, mit dem sie mich sofort täuschte ich einen Krampf am rechten Beinstumpf vor. Den Kopf schmerzverzerrt nach oben, so daß ich dem Mädchen jetzt noch erst wie besessen mit dem Restbein zucken!

– Haltn fest! Haltn fest! Dessn Krampf!

Mein Gesicht lag genau zwischen – o zauberhafter Widerstand: Die Nase am Brustbein, die Backen an ihre weichen und feste Hände drückten mich von hinten gegen ihre weichen und feste mit dem Stumpf zucken, damit ich spürte lustvoll wie die herrliche Brandung gegen meine Backen schlug.

– Dess gleich weck!

Weissagte die Alte. Falsch: Ich tobte wie ein Wilder stöhnte ich mit dem erregten Mund in die Wonnemulde hinein. Vor und zurück trieb mich der Schüttelkrampf erregte inzwischen den Verdacht meines Nachbarn, dessen protestierendes Bettgurgeln mir aber jetzt völlig betäubt roch ich ihr Mädchenatem schmeckte nach gelutschter Schokolade! Oh, werde ich noch jemals ihr mit meinem Mund war ich fast schon an ihrem Hals, als mir die Kraft ausging und ich erschöpft zurücksank.

– Soo! Dess kommt öfter vor. Die Nerven vom Bein ..., erläuterte die Nachtschwester der jugendlichen Waschhilfe, die, freundlich begreifend, nickte und sich kichernd meinen Speichel vom Kittel streifte. Die Nerven vom abgeschnittenen Bein – ja, ja, ganz wie bei toten Fischen: Es zuckt, obwohl es nicht mehr dürfte. Ich keuchte. Bin solche Eskapaden einfach nicht mehr –

– Gehts? schrie's über mir und wartete auf Antwort.

Schwer geprüft transportierte ich meinen Kopf in die Ja-Richtung. Der Schwesternschädel nickte wissend mit. Wissend, sie, die Nachtschwester! O du weiße Göttin, unter deren schützendem Mutternicken ich noch ewig hätte ich so liegen mögen und sie aber, den Einflüsterungen ihres Charakters folgend, hatte mich schon an der Schulter gepackt:

– Solangs kei Embolie iss, isses nich schlimm! Der Arm issja schon völlich verheilt. Un: WIE ISSESN UNTEN GEWORN?

Sie drückte meine Beinstümpfe auseinander und deutete mit einem ihrer dicken Männerfinger dazwischen:

– Naja. Wenigstens issjetz die Wunde zuu!

Montag, den 2. Januar

Warum ich? Warum ausgerechnet ich? Es gibt keinen Sinn. Es gibt einfach nicht den geringsten Sinn, daß ausgerechnet ich es haben soll! Natürlich habe ich mir nichts anmerken lassen. Ich habe sogar mit dem Assistenzarzt über die Seltenheit einer solchen Infektion gescherzt. Hätte ich vielleicht weinen sollen? Es ist lächerlich. Es ist absolut lächerlich! Während er sachte seine fürsorglichen Erläuterungen gab, dachte ich die ganze Zeit, daß dieser Mensch, den ich nie zuvor gesehen hatte, mir unmöglich eine Nachricht von solcher Tragweite überbringen kann. Als er eintrat, erkannte ich schon an seinem Gesichtsausdruck, daß er das Testergebnis vom Bezirkskrankenhaus bestätigen würde. Aber die Nebenumstände, die Schwester, die hereinkam und irgend etwas suchte, das klingelnde Telefon, seine gräßliche Brille und vor allem die Hände – ich war von der Ungültigkeit seiner Behauptungen schon überzeugt, bevor er sie aussprach.

Was hatte ich denn erwartet? Einen Richter in eindrucksvoller Robe, der, hoch über mir, unter Zitierung rigoroser Paragraphen das Urteil verkündet? Sie sind schuldig! Die Strafe, die für Ihren Fall am besten paßt, ist ein Virus, das Sie erst Ihre Glieder und dann Ihr Leben kosten wird. Um das Vollzugsverfahren zu beschleunigen, hat man Sie bereits angesteckt. Am liebsten hätte ich diesem Assistenzarzt die Brille zerdrückt und ihn vom Stuhl geworfen. Statt dessen habe ich zweimal wiederholt, daß es schließlich nicht seine Schuld sei und ich schon damit zurechtkäme.

Daß ich damit zurechtkäme – als ob das möglich sei! Ich fühle mich, als müßte ich zerplatzen, aber die Schreibtischlampe steht noch da wie gestern abend. Meine Existenz, meine ganze bisherige Welt wurde heute mit einem einzigen ärztlichen Wort vernichtet, aber der Radiergummi befindet sich noch dort, wo ich ihn vor einigen Tagen abgelegt habe. Es ist mir, als könne ich nur schreien und weinen, aber wenn ich den Mund öffne, kommen dieselben nüchternen Worte heraus wie immer. Diese furchtbare Ungeheuerlichkeit, die die Vernichtung meines Lebens bedeutet, wird durch den Umstand, daß ich sie in derselben Sprache begreifen und formulieren muß wie alle Banalitäten meines Lebens, selbst zur Banalität und zur lächerlichen Farce. Aber warum wundere ich mich darüber? Wenn das Leben bedeutungslos ist, muß es der Tod auch sein.

Nein! Nein! Nein! Ich kann es nicht akzeptieren. Wäre das Leben bedeutungslos, warum hängen wir dann so sehr an ihm? Eine Bedeutung zu haben, heißt nicht unbedingt, einen Sinn und Zweck zu haben. Diente das Leben einem Zweck, wäre es ein bloßes Mittel. Unser Leben aber hat eine Bedeutung, die von äußeren Zwecken unabhängig ist. Denn unser Leben ist die Voraussetzung für –

– *Wo ist Bill Taylor?*

– *Ermordet!*

– *Ermordet? Hoss, hol die Pferde! Wir werden sie verfolgen!*

Denn unser Leben ist die Voraussetzung für das Vorhandensein von Zwecken überhaupt. Niemand vermag mit den Techniken des Toreschießens den Sinn eines Fußballspiels zu erklären. Es ist unsinnig, die logischen Strukturen, die unser Dasein erst hervorbringt, auf dieses Dasein selbst anwenden zu wollen. Wenn wir aber über die Bedeutung unseres Lebens mit den Mitteln, die es uns zur Verfügung stellt, nichts Sinnvolles aussagen oder vermuten können, so –

– *Da vorne, Pa! Neben dem Felsen!*

– *Da sind sie!*

– *Wir müssen uns trennen. Joe, du reitest um die Fel-*

SEN UND KOMMST VON HINTEN! HOSS UND ADAM, IHR BLEIBT HIER! ICH WERD –

Verflucht! Müssen die den Fernsehapparat so laut stellen? Es ist ein Krankenhaus! Diese Mitpatienten bringen mich um halb acht fangen sie schon mit solchen Sendungen an und stören mich beim Lesen! Meine Tagebuchaufzeichnungen – wozu habe ich sie denn ich werde in wenigen Monaten kann ich vermutlich dann wird man sie fortwerfen! In einen der Krankenhauscontainer werden sie das Ding schmeißen! Irgendwo zwischen eitrigen Mullbinden und weggeworfenen Essensresten wird es ist unglaublich! Das Buch ist mein ein und alles: Es ist ja das Letzte, das ich brauch's dann nicht mehr, denken sie und werfen es hat mich solche Mühe gekostet, alles niederzuschreiben seit dem Tag, als ich kann man als Mensch tiefer gedemütigt werden sie am Ende noch darin herumlesen und, mein Gott, sagen, daß ich kann diesen Gedanken einfach nicht länger –

– CARTRIGHT, WAS WILLST DU?

– WER HAT BILL TAYLOR ERSCHOSSEN?

– ES IST MEIN LAND! ICH WERDE DAFÜR KÄMPFEN UND DAFÜR TÖTEN!

– GENAU WIE ICH, MR. SANDMAN, GENAU WIE ICH!

PCH, PCH, PCH.

– SIE SCHIESSEN!

PCH. PCH . . .

Ich muß es vernichten! Kurz bevor es soweit ist, werde ich es vernichten! Alles andere wäre mir unerträglich. Ich muß es vernichten – bevor sie mir den letzten Arm abschneiden!

Freitag, den 17. Januar

... zwei Stunden geweint und bin jetzt wieder klar im Kopf. Das Seltsame ist, daß es keinen Mittelzustand gibt. Entweder bin ich völlig verzweifelt und weine haltlos, oder aber ich betrachte, so wie jetzt, meine Situation nüchtern und abgeklärt. Es ist mir dann, als ob ich gar nicht ich bin, sondern mir von außen zusehe. Im Grunde erscheint mir der Tod als etwas, was mit mir nichts zu tun hat. Etwas, was gar nicht existiert, weil ich es nicht wahrnehme – nicht wahrnehmen kann, denn es ist wie mein Komplementärbild: Bin ich, ist der Tod nicht. Ist der Tod, dann bin ich nicht. Wie eine Münze: Kopf oder Zahl – die beiden werden sich nie kennenlernen, obwohl sie so eng beieinanderliegen. Kopf oder Zahl – natürlich weiß ich, daß es nicht so einfach ist, wie dieses Bild von der Münze weismachen will. Vielleicht muß ich es mir so denken: Mein Ich, insoweit es in der Zeit lebt, ist eine Münzseite, die unter ihrer Komplementärseite verschwinden kann, ja muß. Mein Ich aber, insoweit es von der Zeit unabhängig und als ein Eines gedacht wird, ist – die Münze selbst. Dieses zeitunabhängige Ich gibt es, auch wenn ich es nicht sehen kann. Gäbe es nämlich nur ein Ich in der Zeit, so gäbe es überhaupt kein Ich, denn das Ich in der Zeit stirbt fortwährend. Zwar bin ich als Kind ein anderer denn als Greis, und doch bin ich noch derselbe: ein zeitunabhängiges Ich. Wenn es stimmt, daß mein Ich nicht nur eine Münzseite, sondern zugleich die ganze Münze ist, so verschwindet mein Ich also nicht, wenn die Münze auf die Seite des Todes fällt. Und zwar selbst dann nicht, wenn dieser Tod endgültig ist. Der Tod ist nicht die Vernichtung des Seienden und des Vergangenen, sondern bloß die Versagung des Zukünftigen. Diese Unterscheidung scheint gering, aber sie ist ausschlaggebend für den Wert meines Daseins. Würde nämlich der Tod –

– Wass kukkn Sienda schon wieder?
Schwester Erna, übrigens meine Lieblingsschwester, stand, fünf Thermometer in der fürsorglichen Faust, im Zimmer und blickte auf – den Fernseher:
– *HOB SING! WAS GIBTS DENN ZUM ABENDBROT?*
– *GIBT ES GEBLATENES LINDFLEISCH MIT KALTOFFELSALAT UND LABABABLEI.*
– *WAS DENN! SCHON WIEDER RHABARBERBREI?*
– Ach kuck, Bonanza! Isser Ädämm noch mit dabei? Och nee, ich kukk dessja auch immer so gern, die ganzn altn Filme unso, ne?
Typisch Frau! Immer so romantisch. Dr. Schlimm unterbrach abrupt die Idylle, indem er durch eine Bewegung seines Körpers die Matratze zum Gurgeln brachte. Ich wußte, was nun kommen würde.
– Ja, Herr Docktor? Sprogramm? Aber der Herr Dupek hattes Ding für die Fernbedienung, Sie können doch sowieso nichmehr drückn! Nehmse ersma Sthermometer. Sie kriechnja jetz immer dess für Nmund, nich?
Er kniff den Mund zu und ruckelte wie besessen auf seinem Schnorchelteppich.
– Mein Gott! Nee, Herr Docktor, was wollnse denn überhaupt sehn?
Er nickte fünfmal mit dem Kopf.
– Sfünfte?
Von der Dupekschen Ecke her ertönte kategorische Verweigerung. Ich habe mich oft gefragt, wie Dupek, ein bloßer Kioskverkäufer, dazu kommt, einem promovierten Rechtsanwalt hartnäckig Paroli zu bieten. Verlorene Prozesse? Erlittene Demütigungen? Jedenfalls sind die Willensäußerungen des Rechtsanwalts dem Kioskverkäufer Dupek unaufhörlicher Anlaß eigener stets gegenläufiger Willensentfaltung. Waren mir diese Gegensätzlichkeiten

zunächst unterhaltsam und, Dr. Schlimms frech fordernden Charakter berücksichtigend, bisweilen sogar erfreulich, so sind sie mir jetzt, da Dr. Schlimms Verfall dem Kioskverkäufer Dupek leichte Triumphe ermöglicht, zuwider. Unter normalen Bedingungen könnte Dupek dem Rede- und Willenstalent eines Advokaten kaum etwas entgegensetzen. Aber Dr. Schlimm – Vollamputation, über 200 GqF! – befindet sich unter uns fünf Zimmerinsassen in dem am weitest fortgeschrittenen Stadium, und ein Mann wie Dupek, der, seiner Unterschenkel zwar verlustig, immer noch über ein Geschlechtsteil verfügt, hat jetzt leichtes Spiel.

Es ist eine dieser schmeichelhaften Flunkereien, mit denen sich die Glücklichen beruhigen: daß mehrere, wenn sie gemeinsam ins Unglück fallen, sich ihr Leid teilen und sich aneinander aufrichten. Das Gegenteil ist der Fall. Übrigens ist dies auch logisch. Rücksichtnahmen aus Mitleid, schlechtem Gewissen oder Sitte, wie sie bei Gesunden gegenüber Kranken üblicherweise vorkommen, fallen unter Kranken ganz weg. Überdies richten sich Haß, Neid und Abneigung immer gegen den, der am nächsten ist. Hat man je davon gehört, daß die Chinesen mit den Finnen oder die Australier mit den Isländern verfeindet waren? Was für weitläufige Landesbeziehungen gilt, trifft erst recht auf enge Bettnachbarn zu. Daher ist weder Dupek noch –

– Un Sie? Denkn naach un lesn wieder, wass?

Schwester Ernas Gesichtssonne leuchtete warm über mir auf. Jaja, seufzte es zu mir herunter und schallte dann quer durchs Zimmer:

– Da nehmse sich ma Nbeispiel dran! Mamuss nich immer Nfernsäa kukkn, ne?

Stille im Raum: Beschämung und Betretenheit. Sieht man von den Deoluzineinreibungen ab, sind solche Momente die besten des ganzen Tages. Ach, Erna! Und dann steckt sie mir liebevoll das Thermometer unter die, es ist die letzte, Achsel.

– Könnsess denn soo sehn? legte sie mir das Tagebuch zurecht, und mir schien fast, ihre Augen seien feucht. Soll ich *ihr* mein Tagebuch geben, wenn es soweit ist?

– Dessmir nämlich immernoch lieber, wemmawas liest un sich für die Kultur unso interessiert als wemma immer bloß Nfernsäa kukkt, ne?

Dann verließ sie den Raum. Natürlich stellte Dupek den Apparat nun noch lauter als sonst. Rachsüchtiger Glotzlümmel! Ich wundere mich oft, wie die Menschheit bei *dem* Humankapital solch diffizile Dinge wie Fernsehapparate überhaupt entwickeln konnte. Aber was hat die Natur nicht alles gerade an ihren merkwürdigsten Exemplaren hervorgebracht! Der Schopf eines Gelbhaubenkakadus, der Schwanz eines Breitwurmzünglers und selbst manche Seegurkenarten …

Es ist wie ein Gesetz. Alle, die von einer schweren Krankheit getroffen werden, durchlaufen in ihrem Inneren bestimmte Phasen. Bei mir waren's fünf.

Die erste Phase, die der *»ungläubigen Kenntnisnahme«*, ist wie das Erlebnis eines verblüffenden Zaubertricks. Es war, als hielte die U-Bahn, in die ich mich gerade gesetzt hatte, an einer Station, die gar nicht zur Linie gehört. Es wurde mir kurz schwindlig, aber die Sache läßt sich aufklären: Du hast etwas verwechselt, die Linienführung wurde geändert … du mußt nur nachdenken, und der ganze Schwindel wird unter dem auch auf U-Bahnen anwendbaren Würgegriff strenger Logik harmlos verpuffen.

Diese erste Phase wird an Kürze von der zweiten Phase, der des *»renitenten Begreifens«*, sogar noch übertroffen. Irgend etwas, so viel steht fest, hat dir mächtig vor die Fresse geknallt. Du kennst es vom Film, es tut einen ordentlichen Schlag, sauunangenehm für den Betroffenen, aber jedenfalls, die Sache ist erledigt. Erst ein Blick in den Spiegel zeigt das wahre Ausmaß: das Gesicht, vom toten Blut ganz blau, die Zähne weg, die Nase zu Brei ... Verflucht und sapperlot! Ein schlimmer Treffer, zweifellos, und das alte wird's wohl nicht mehr werden ... Aber das ist freilich noch steckt das Nasenbein im Gehirn, und – was? – die Atmung tut's auch nicht mehr?
Das, was dann kommt, der *»grenzenlose Durchblick«*, ist vermutlich das Unangenehmste von allem. Das Grenzenlose des Durchblicks liegt weniger in einer außerordentlichen Reichweite des Sehens als vielmehr in der unkontrollierbaren Intensität seines Auftretens, weswegen man diesen Durchblick auch einen »hemmungslosen« oder »unmäßigen« nennen könnte. Er richtet sich in die Zukunft, aber, schlimmer noch, auch in die Vergangenheit. Mit ihm erkannte ich, daß die Logik des Lebens offenbar ein Ding ist, das ich nie beherrscht habe. Daß – und zwar alle! alle! alle! früheren Werte und Wahrheiten wertlos und falsch waren. Nicht mit einem kurzen, harten und endgültigen Schlag, der Stille schafft, nein, in unzählbaren Einzelheiten und Wiederholungen habe ich den Beweis meines bisherigen vollständigen Irrtums mit jener Endlosigkeit geführt, die allem Grenzenlosen zu eigen ist.
Nur wer jenes Inferno schrankenloser Auflösung übersteht, hat Aussicht auf das *»edelmütige Zwischenglück«*. Diese ziemlich attraktive Periode wird eingeleitet durch philosophische Ideen wie »alle Menschen müssen sterben«, »alles ist vergänglich«, »jeder hat sein Schicksal«

usw. Vermutlich sind es das »jeder« und das »alle«, die der eigenen Lage etwas Aufmunterndes verleihen. Die Grenzenlosigkeit, in der man sich befindet, erscheint plötzlich als Freiheit und Weite. Wer eben noch tief gebeugt umherschlich, hebt den Kopf und wandelt mit federndem Gang. Nie stand ich dem Schicksal näher. Es ist das Gefühl vom Majestätischen einer Tragödie, was zu einer neuen, bisher nie erreichten Würde verhilft. Das Verderbliche einer solchen Überdehnung führt fast immer zur Phase der *»unheilvollen Spekulation«*.

In gewissem Sinne könnte man sagen, die *»unheilvolle Spekulation«* sei ein Beweisstück für jene skeptische Evolutionstheorie, die behauptet, daß jede Entwicklung, wird sie nur weit genug getrieben, an ihren Ausgangspunkt zurückführt. Denn die Suche nach dem tieferen und wirklichen Grund der eigenen Krankheit (nichts anderes als eben diese Suche ist die *»unheilvolle Spekulation«*) ist, genau betrachtet, ein Rückfall in die erste Phase, in der ich glaubte, alles habe Gründe und diese Gründe seien durch beherztes Nachdenken ermittelbar. Ähnlich wie ich die Integrität von U-Bahnlinien zur Grundlage meiner städtischen Reiseaktivität gemacht hatte, entwickelte ich nun die Vision, mein eigenes frühzeitiges Versterben sei erforderlich. Das reguläre Opferschicksal eines Unschuldigen, die Erfüllung längst festgelegter Todesstatistiken, die Notwendigkeit eines Zufalls – es gibt wohl kaum einen Geheimplan, der sich nicht hinter der verwünschten Todesaktion vermuten läßt. Alles, alles hielt ich nach umfangreicher Überlegung für möglich, nur eines nicht: daß dieser Tod überflüssig, nutzlos und ausschließlich – AUSSCHLIESSLICH! – schädlich ist.

Montag, 6. Februar
Heute morgen wieder in der Virologie gewesen. Sie zapften zwei Becher Blut und entnahmen verschiedene Gewebsproben. WOZU? Ich denke mittlerweile, daß ich ihnen nur als Forschungsobjekt diene. Der Assistent gab selbst zu, daß die Tabletten, die sie mir geben, keinen Heilungseffekt besitzen. Nicht einmal eine den Krankheitsverlauf verzögernde Wirkung wurde bisher nachgewiesen. Also warum nehme ich das Zeug? Als ich nach Hause kam, fand ich einen Zuwendungsbescheid vom Versorgungsamt – ein Computerausdruck, in elf Sprachen übersetzt. Fast 2000 Euro monatlich aus dem EU-Entschädigungsfonds. Was soll ich mit dem Geld machen? In spätestens vier Monaten muß ich endgültig ins Krankenhaus – macht also 8000 Euro, die ich noch verbraten kann. Ich werde eine Reise unternehmen, auch wenn sie mir in der Klinik davon abgeraten haben. Im übrigen fühle ich mich heute völlig leer. Wenn ich zurückblättere und lese, was ich noch vor drei Wochen geschrieben habe – über zwei Ichs, Münzen und sonstige metaphysische Spitzfindigkeiten. Was soll das alles? Tot ist tot, und basta. Der ganze Mist kotzt mich an!

– EINE KATZE BRAUCHT BEWEGUNG UND BESCHÄFTIGUNG. KATZENBAUM ATRA! DAMIT IHRE KATZE SO RICHTIG KRATZEN KANN. DENN KATZEN LIEBEN ES, SICH NACH HERZENSLUST AUSZUTOBEN. KATZENBAUM ATRA!...
Ich hatte damals keine Ahnung von dem, was mich im Krankenhaus erwarten würde. Es war naiv von mir zu glauben, ich erhalte ein Einzelzimmer. Jeder weiß, wie groß heute die Bemühungen zur Dämpfung der ansteigenden Kosten im Gesundheitswesen sind. Aber daß man

mich deswegen mit vier vom Fernsehwahnsinn vollständig Besessenen in einen Raum sperren muß! In ihnen, die vermutlich schon früher hörige Opfer ihres Wahns gewesen sind, mögen gerade die Werbesendungen manch schöne Erinnerung an ihre vormalige Existenz hervorbringen. Eine Art Händeschütteln mit dem Leben; dem eigentlichen sozusagen, denn was das Leben in der Klinik betrifft, so ist es für einen Menschen, der seine Tage mit Geldverdienen, seine Abende mit Chips und Bier zu verbringen gewohnt war, kein eigentliches mehr.

Auch für mich selbst ist das Leben hier kein eigentliches. Seit Monaten schaukele ich auf meiner Wassermatratze wie über schwache See, ohne irgendwo Land zu sehen. Meine Welt besteht fast nur noch aus Gedanken. Der Begriff der Realität ist mir inzwischen wie eine ungültige Erfindung. Zwar muß ich die Hartnäckigkeit anerkennen, mit der sich dieses Krankenzimmer, sobald ich ihm meine Sinne öffne, geltend macht: die stöhnenden Zimmerkollegen, das Ticken der Geräte, die Gerüche, das immer wieder hereinstürmende medizinische Personal ... – ich weiß, daß dies alles von allgemeinerer Gültigkeit ist als meine geistigen Einbildungen. Dennoch erscheint mir dieses sogenannte Wirkliche als fast möchte ich sagen – ungültig. Es ging alles zu schnell: Ein Virus, von dem ich zuvor kaum gehört hatte; mein körperlicher Verfall, der in wenigen Monaten zu meinem jetzigen grotesken Aussehen geführt hat; die merkwürdige Tadschikistantheorie, das Baumwollverbot, wegen dem wir auf Wasserbetten und mit Mikrofibrandecken – ich gebe zu, daß diese Geschichte nicht ohne logische Bestandteile ist, aber ist sie deswegen wirklich? Sie hat mich in ihrer Gewalt, sonst läge ich nicht in so erbärmlichem Zustand hier. Und dennoch ist mir oft, als sei mein Krankenhausdasein in seiner objektiven Gültigkeit kaum bemerkenswerter als einer der unzähligen Fieberträume, durch die ich jetzt täglich taumele. Bisweilen denke ich sogar, meine Krankheit sei selbst bloß eine Art Fiebertraum, und in Wirklichkeit liege ich zu Hause in meiner Badewanne, wo ich –

– Die Fiesitte!
Schrie es jäh. Schwester Erna stand aufgelöst im Zimmer und starrte uns an. Natürlich konnte keiner etwas antworten. Wie denn auch? Selbst die beiden Bankangestellten, die erst seit einigen Wochen hier sind, können mittlerweile nicht mehr richtig sprechen.
– Achdndreißichkommadrei!
Schon hatte sie dem ersten das Thermometer entrissen.
– Achdndreißichkommadrei!
Ich habe mich nie darüber gewundert, daß sie beide stets dieselbe Temperatur haben. Im Gegenteil würde es mich sogar in Erstaunen versetzen, wenn sie, die ja doch letztlich beide –
– Die sinnschon nebendran! Der Brohphessor mussnoch auf Nkongress heut! erläuterte Schwester Erna die ungewöhnlich frühe Visite. Ochnee! Jetz hamm Sie schonn extra Nkunstoffthermometa für Nmund, un dess zerbeisn Sie auch noch! Da wern Sie bald überhaupt nichmehr gemessn wern, wenn Sies soo machn!
Schlimm. Jeden Tag dasselbe Theater mit ihm, und dennoch erhält er immer wieder ein neues Thermometer. Warum? Ich denke, daß – wie sie mich, ach Erna, obwohl sie doch selbst unter Zeitdruck lächelt sie bei mir immer wenn – also ich denke, daß das Meßritual mit den Thermometern eine alberne Farce ist. Jedes Kind weiß, daß es

bei unserer Krankheit nicht auf die Körpertemperatur ankommt. Allein der GqF, also der Gewichtsquotenfaktor, bietet einen zuverlässigen Anhaltspunkt für die medizinische Beurteilung unseres Zustands. Was also soll das Thermometer, was sollen all die Messungen und Prüfungen, mit denen sie uns tagtäglich –

– Tach, die Herrn! sprang die Tür auf, und Oberarzt Prof. Dr. Dr. Zahl stürmte an der Spitze einer weißkittligen Riesengruppe ins Zimmer. Erna vermochte gerade noch den Fernseher auszuschalten. Wie viele waren das denn das ganze Zimmer überflutet von – es gibt nichts Schlimmeres als eine Universitätsklinik! Sie standen bis in den Gang hinaus!

– Geh-kuh-eff? rief der Professor und trat ans Dupeksche Bett.

– Hundertachtundsechzig! antwortete es von hinten weiblich, aber hart. Der Professor zog die Bettdecke weg.

– Membrum inflatum, ova caerulea et peragitata ... sehn Sie da, die Stauung reicht bis in die Bauchdecke!

Etwa fünfundzwanzig gereckte Studentenhälse. Natürlich konnten die meisten nichts sehen.

– Oh-Peh-Termin für nächste Woche, Geh-kuh-eff, Tee-emm-Zett, Querblutanalyse, die üblichen Messungen ...

Der Oberarzt hatte sich schon abgewendet, als Dupek, der noch über beide Arme verfügte, ihn festhielt. Der Chefarzt beugte sich über ihn, konnte ihn aber nicht verstehen. Der Kehlkopf gehört zu denjenigen Weichteilen, die als erste entfernt werden. Einer der Assistenzärzte legte sein Ohr dicht an die Dupekschen Lippen und gab das Aufgenommene wieder:

– Eine Sendung? Gestern? Ein neues Medikament? Der Professor blickte auf den Fernsehapparat, begriff und rief verachtungsvoll:

– Schurnalisten!
Ein Raunen entstand, das sich unter den Studenten zu vergnügter Heiterkeit fortentwickelte. Vom Gang her hörte ich Gelächter. Einer der Studenten trat vor und erklärte, er habe die Sendung gesehen. Es habe sich um einen Bericht über die Versuchsreihe mit TSK gehandelt.
– Tee-Ess-Kah? sah der Chefarzt den Assistenten an. Gießen! Unser Kollege Lautner ... ha! Nein, nein, das tut mir leid. Tee-Ess-Kah ist schwer hirnschädigend und die sonstige Wirkung gleich Null. Ein alter Hut. Offenbar das übliche Sensationsgemache ... Nein, nein, wir tun für Sie, was wir können. Schließlich sind Sie keine Versuchsaffen!
Wieder entstand eine Art von Heiterkeit, der Professor klopfte, um die Sache abzuschließen, auf einen der Dupekschen Beinstümpfe und ging weiter. Bei den Bankangestellten wurde ein Verbandswechsel vorgenommen. Der Professor wies die Studenten auf das gelungene Verheilen der Amputationswunden sowie die Unanfechtbarkeit der Schnittführung hin. Die Bankangestellten, in ihrer angeborenen Unterwürfigkeit, trugen mit Nicken und kehlkopflosem Lachen zu einer frohen, fast ausgelassenen Stimmung bei. Dann ging's weiter zu Dr. Schlimm.
– Geh-kuh-eff?
– Zweihundertvierunddreißig.
– Schlimm, Doktor, flüsterte jemand, und von hinten reckten sich die Hälse.
– Doktor Schlimm! rief der Oberarzt aus. Wie geht's heute? Der Rechtsanwalt schüttelte den Kopf, soweit es ihm möglich war. Leider verringern der Verlust der Gliedmaßen und das Anschwellen des Rumpfes die Ausdrucksmöglichkeiten. Bejahung oder Verneinung, Freude oder Unmut – in den Augen des Betrachters wird sich alles ähnlich.

– Besser? Aber bleiben Sie nur ruhig, ich verstehe Sie schon …

Schlimm war inzwischen an einem Punkte angelangt, wo ihm alles zu einer inhaltslosen Aufgeregtheit ausgelegt werden konnte. Es war klar, daß dieser tragische und doch unerträgliche Umstand zu seiner Befriedung wenig beitrug. Das Gurgeln seiner Matratze erfüllte den Raum mit gespannter Unruhe, und so war es nicht verwunderlich, daß die Visite sich jetzt zu mir –

Dienstag, den 28. Februar

Seit vier Tagen laufe ich in Venedig herum und ärgere mich, hergekommen zu sein. Karneval in Venedig – es war eine Schnapsidee!

Meine Beine sind stark angeschwollen, mein Leiden wird sich vermutlich beschleunigen. Und wofür? Überall nur betrunkene und halbverrückte Touristen! Oder geldgierige Einheimische. 238 Euro für eine Übernachtung! Es wird mir schlecht, wenn ich diese Geldscheine, die ja letztlich der Grund – Schluß! Schluß!

Was hatte ich mir überhaupt vorgestellt? Dionysische Ekstase? Erotisch-morbider Rausch? Tod in Venedig? Es ist lächerlich, vollkommen lächerlich! Alles, was diesem Ort den Ruf einer rauschhaften und todessüchtigen Stadt eingetragen hat, stammt von verunreinigtem Wasser und unterlassener Instandhaltung. Seit Jahrhunderten das alberne, aber einträgliche Dauersterben einer stinkigen und völlig überteuerten Kloake!

Vielleicht muß man erst selbst wissen, was nahes Totsein bedeutet, um diesen elenden Moder- und Ablebekitsch in seiner Niedrigkeit zu erkennen. Die Stadt ist schon vor langer Zeit gestorben und wird wie der schlecht balsamierte Leichnam eines Heiligen als Köder für zahlungskräftige Pilger feilgeboten. Ein einträgliches, weil makabres Heiligtum, dessen schummrige Anziehungskraft aus Weihrauch, Kerzen und Schimmelpilzen besteht. Dabei vergeht mir jede Lust am Sterben. Und dann noch Karneval – Menschen, denen zur Fröhlichkeit ein bloßer Entschluß genügt. Ich werde morgen zurückfahren. Alles ekelt mich hier an.

– Hallo! Ich bins wiederma, ne?
Gibt es etwas Entsetzlicheres als einen Sozialtherapeuten von der MOI-Hilfe? Wieviel Geld aus den EU-Fonds mag für derlei unsinnige Hilfsprojekte verpulvert werden? In Wirklichkeit sind es Beschäftigungsprogramme für arbeitslose Sozialtherapeuten – Programme, mit denen unschuldig Kranke gequält werden!
– Also, wir kennunsja schon alle, oder seid ihr – nee, duu biss neu, ne? trat er heran an den jungen Mann, der seit zwei Tagen auf Dr. Schlimms Wassermatratze lag. Hallo! Ich bin der Klaus! Ich komm von der MOI-Hilfe un schau hier jede Woche mal rein, um zu schaun, was anliegt bei Euch un wenn ihr mal was braucht unso, also zur Betreuung, ne?
Er schloß die Türe hinter sich und kam in seinem schmierigen Parka in die Zimmermitte.
– Iss denn der Wiehiesernoch, der immer so – na, nervös, möcht ich ma saachn, war, ne? Issder in den …?
Die Bankangestellten nickten.
– Nee! Der issoch sogarn Rechtsanwalt oderso gewesn, ne? Nee, echt, ich find dess total unmöglich, wie DIE die

Leute inen Peh-Raum abschiebn! Naja, also jednfalls ich bin der Klaus, un duu?

Der Neue flüsterte irgend etwas von »Tschooi« (kommt das von Johannes?). Im Grunde ist es egal, wie er heißt. Wenn man sich in einer Situation wie der unseren begreife ich endlich, wie aussichtslos es ist ja schon bei der Benennung scheitert man. Um jemanden zu individualisieren, nennt er müßte statt dessen nur eine durchlaufende Nummer würde die Einmaligkeit garantieren, aber einen Namen teilt man in der Regel gibt's ja Tausende die genauso heißen wie man selbst. Tschoois und Tschimmis zum Beispiel so viele, daß es mußte ja kommen: Der Kerl drangsaliert uns wieder mit seinen Verschwörungstheorien:

– ... daß der Virus grad dann aufgetaucht iss, wo die Amerikaner wegen Europa Angst um ihre Absatzmärkte in Rußland hamm müssn!

Der Neue schluchzte auf. Angeblich ist ihm die Sache in einem Bahnhof passiert, als er jemandem mit Wechselgeld aushelfen wollte. Aus Menschenfreundlichkeit also. Er weint deswegen jede Nacht. Am ersten Abend hat es mich so gerührt, daß ich die halbe Nacht mitgeweint habe. Seitdem fühle ich mich durch das ewige Heulen nur noch belästigt. Manchmal wünsche ich mir sogar Dr. Schlimm zurück. Am Ende war er ganz ruhig. Sie haben ihn pausenlos mit Deoluzin übergossen. Aber als sie ihn hinausfuhren, hat er es natürlich gemerkt und ein fürchterliches Spektakel gemacht.

– ... weil DIE schon seit Jahrn Gehnmanipulationen in Kahlifornien gemacht hamm, ohne daß die Europäer irchendwas davon mitgekricht hamm!

Apropos mitgekricht: Was haben diese Sozialtherapeuten für eine Ausbildung? Und Dupek, als sie Schlimm hinausfuhren, schaltete mit der Fernbedienung den Fernsehapparat an. Welche Herzlosigkeit! Triumph eines Kioskverkäufers. Unversöhnlich bis zum letzten Moment. Sind wir schon so entmenschlicht, daß die Bankangestellten winkten wenigstens mit ihren Armstümpfen. Überhaupt habe ich sie inzwischen fast möchte ich sagen: liebgewonnen. Es ist das Mittelmaß, das einen an ihnen schreckt. Aber was ist unschuldiges Mittelmaß gegen schuldhaftes Übermaß?

– ... dessdoch totaler Quatsch, wenn DIE behauptn, daß SIE von der ganzn Verseuchung nix gewußt hamm wolln un dasses mit dem Kampf zwischn den Wirtschaftsblocks nix zu tun hat ...

Wirtschaftsblocks? Pluralis britannicus. Jede Woche dieselbe Diskussion. Daß die Bankangestellten sich stammelnd, flüsternd und stöhnend noch darauf einlassen, muß an ihrem beruflich erworbenen Service- und Bedienungsinstinkt liegen. Dabei endet das Ganze regelmäßig in einer wilden Anklage gegen die Banken.

– ... iss der Mensch in Zukunft nur nochn totaler Egoist und Geldfetischist, oder gibts noch sowas wie Menschlichkeit unso – DARUM gehts hier! Verstehste?

Was heißt hier verstehen? Und vor allem: was heißt Menschlichkeit? Gibt es etwas Menschlicheres als den Hang zu persönlichem Besitz? Er ist jedenfalls im sonstigen Tierreich unbekannt. Dagegen gehört die Pflege des Gemeinsinns eher auf die Tierstufe. Zum Vergleich Vögel und Ameisen: Welche Menschenmutter ließe sich für ihr Kind von einem Eierräuber verzehren, welcher Zöllner sich für sein Vaterland von einem Ameisenbären auflutschen? Von wegen Menschlichkeit!

– ... Un Europa! Europa! Gut! Abawas issn mit Afrika? Ich mein, euer Virus issja jetz einer, von dem hauptsächlich

die betroffn sin, die Geld hamm. Aber die andern hamm genauso ihre Virn un Krankheitn, von denen die Leut hier gar nix wissn, weil …
Wer den Unterschied zwischen Mensch und Tier formulieren will, sollte nicht von Menschlichkeit reden, sondern von dem Umstand, daß nur der Mensch die Wichtigkeit seines Ichs in einer Höhe festzusetzen weiß, die, alle Realität außer Acht lassend, das Extravagante und Phantastische erst in die Welt bringt. Kurz, das Unendliche ist die Domäne des Menschlichen schlechthin, und ein Sozialtherapeut ist insofern seine Verkörperung, als er begann nun beispielsweise zu schwärmen für DIE BANKEN HAMM NÄMLICH die Idee der Brüderlichkeit UNWEISDE NÄMLICH AUCH WARUM schrie der Kerl denn jetzt so?
– … WEIL DIE BANKN NÄMLICH DURCH DIE PROFITSUCHT, DIESE HAMM, AUF TEUFEL KOMMRAUS ALLES GEMACHT HAMM, DASSES NEUE GELD SO SCHNELL WIE MÖGLICH KOMMT, UN DADURCH ÜBERHAUPT KEINE KONTROLLE MEHR MÖGLICH WAR!
Die Bankangestellten schüttelten sich heftig. Der Neue begann wieder zu wimmern. Dupek schaltete den Fernseher an:
– *MÄÄTSCHIK WOOTER! DER NEUE EXKLUSIVE DUFT VON SCHAH NELL!*
– BUNDESBANK? WAS HEISSTN BUNDESBANK? DIE HÄTTNS GELD DOCH VORHER KONTROLLIERN KÖNNEN! UND WARUM HAMMSES DENN ÜBERHAUPT EINGEFÜHRT?
Es ist ein würdeloses Ende! Ich könnte heulen. Ein Einzelzimmer – warum habe ich kein Einzelzimmer?
– *MÄÄTSCHIK WOOTER! DIE SINNLICHE EROTIK UND DIE BELEBENDE KRAFT EINER NEUEN WELT! MÄÄTSCHIK WOOTER! AUS DER SERIE PÖÖRFIUHM KOLLEKTSCHN!*
Der Sozialtherapeut Klaus hatte Mühe, gegen den Fernse-

her anzukommen, denn Dupek drehte die Lautstärke immer höher. Klaus schrie irgend etwas von Unmenschlichkeit und machte gerade eine dramatische Geste, die auf das kapitalistische Wirtschaftssystem abzielte, als eine Frau ins Zimmer trat, die ihm bis aufs Haar glich: ihres war rot.

– UCH, DUU, CLAUDI? BISDU DENN SCHON FERTICH?

– Ja, die hamm die Fraunstation heut –

– WIE?

– . . . wehchn DEM FEIERTACH MOORCHN HAMM SIE FRÜHER GSCHLOSSN! WARUM ISSDENN SO LAUT BEI EUCH?

– DER FERNSÄA! KANNSE DEHN DENN NICH KURZ –! Dann eben nich. ICH WOLLT MICH NÄMLICH JETZ AUCH SCHON VERABSCHIEDN. HEUT WARS NET SO LANG WIE SONST. ABER ICH KOMMJA NÄCHSTE WOCHE WIEDER, NE?

Z W E I

Du, hauchte es mir zärtlich ins Ohr.
Mit nacktem Oberkörper lag ich rücklings auf einer kühlen Bank. Das Plätschern, der Chlorgeruch, die Stimmen – es ist kaum zu sagen, wie sehr ich bin nämlich sicher, daß niemand, der es nicht selbst erlebt hat, kann sich vorstellen, was es bedeutet, diesem, das Wort ist zu milde, Alptraum entkommen zu sein. Seitdem ich aus der Klinik entlassen worden bin, komme ich fast täglich ins Hallenbad; weil ich viel schwimmen soll, um die Menschen zu hören, aber auch einfach wegen der beruhigenden Stimmung, in die mich dieser riesige, grün gekachelte Baderaum jedesmal versetzt.
Das Wasser, die Geräusche, ausgelassene Stimmen – ach! Niemand, der nicht eine solche Hölle durchgemacht hat, vermag zu empfinden, was ich jetzt zum Beispiel das Anschwellen des Körpers, die Mitpatienten, die vielen Operationen, den nahen grausigen Tod vor Augen, diese Monate in der Klinik waren – Schluß, Schluß! Ich will nicht wieder an die schlimme Zeit zurückdenken!
Jetzt gilt es, die Zukunft zu meistern. Viel ist nicht von mir übriggeblieben. Schließlich war es eine Rettung in letzter Minute. Aber was noch da ist, will ich trainieren wie noch selten, werden die Ärzte sagen, haben wir einen solchen Lebenswillen wie Sie haben damit alle unsere Anstrengungen im nachhinein gerechtfertigt. Ein Geretteter – antworte ich und kann den Satz nicht weiterführen. Es ist ja wie soll ich die Dankbarkeit, die ich spüre mich wie ich das erste Mal begreife ich, was das Leben ist denn ein solches Gefühl beschreibbar? Eines, das mich wieder versagen mir die Worte sind zu tot, um es zu be-

nennen, müßte ich küsse die Prothesen, verstehen Sie? Die leblosen Kunststoffprothesen küsse ich! Weil ich nun weiß, was – als Unversehrter wissen Sie von Ihrer Unversehrtheit nichts!
Ja, lachen die Ärzte und klopfen mir mit ihren ihnen kaum bekannten Händen auf die mir verbliebene Schulter. Es ist nicht möglich, denke ich mir, mit ihren Ärzteohren verstehen sie mich nicht. Aber ich habe kein Recht, sie zu beschämen. Schließlich haben sie mein gegen sie gerichtetes Mißtrauen gründlich widerlegt, indem sie das richtige Medikament gefunden und mich dadurch dem Leben wiedergegeben haben. Nachdem ich auf fast 300 GqF gekommen war! Ein Wunder! Ein Wunder – wie leicht es mir fällt, diesen Begriff auszusprechen. Und doch frage ich mich oft, was der tiefere Sinn dieser Krankheit war, die mich so plötzlich überfiel und aus der ich, wie ich sagen kann, in letzter Minute – ja, ja, in letzter Minute, denn 300 GqF sind kein Pappenstiel ...
Du, hauchte es mir da nochmals seitlich ans Ohr.
Was sollte dieses Du meinte man – ? Ich blinzelte, denn über mir hing eine gleißende Höhensonne, unter die ich mich, um zu – da stand da nicht – wie? *SIE*? Irgend etwas hinderte mich, den Oberkörper aufzurichten. Aber es war auch nicht nötig, denn sie beugte sich zu mir herab und lachte mich an.
– Ja, flüsterte sie und hielt mich am Arm. Erkennst du mich?
– Ja, fuhr es unbesonnen aus mir heraus. Das heißt – im Grunde nicht, denn ich weiß gar nicht ...
Sie lachte und nickte mir zu, als ob sie das, was ich gerade dachte, bestätigen wollte.
– Hören Sie, mein Gedächtnis – ich war lange im Krankenhaus, Sie sehen ja selbst. Möglicherweise kennen wir uns

von irgendwoher. Das einzige, was ich – es ist idiotisch, aber ich habe dort von Ihnen – geträumt!
– Nicht geträumt …, flüsterte sie.
– Aber, rief ich, und ein merkwürdiger Schauer überlief mich, denn ich spürte, wie sie meinen Arm losließ und zurücktrat. Was soll das bedeuten? Wie heißen Sie? Wer sind Sie?
– … oldietüde, schnappte ich gerade noch auf, denn sie schien sich zu entfernen. Hol-die-Etüde? Niemand, auch keine Frau, trägt einen solch sonderbaren Namen. Allenfalls, daß gewisse Klavierstücke, die ich sah sie nicht mehr, denn meine Augen – verfluchte Höhensonne! Ich wollte mich aufrichten, doch wieder hielt mich irgend etwas klemmt doch da! Verdammt! Welcher Schweinekerl hatte mich auf der Bank –
– Zahl, du Hundesohn! schrie es in diesem Moment so unvermittelt, daß ich mir nicht sicher war, ob ich es mir bloß zuerst dachte ich, es gehe um irgendwelche unbezahlten Rechnungen. Doch dann sah ich den Professor. Professor Zahl! Er beugte sich, von Studenten umgeben, mit einem elektrischen Tranchiermesser über mich laust der Affe, wenn der will doch wie kommt denn DER ins SCHWIMMBAD??
Es wurde mir zuviel. Ich wollte den scheußlichen Traum gerade abbrechen, als es mich wie ein Blitz durchfuhr: Die grünen Kacheln, der Desinfektionsgeruch, der grelle Strahler über mir…? Kein Zweifel, dies war kein Schwimmbad! Sie hatten mich in – oh Gott, ich war in – oh Gott, sie wollen mir – MEIN LETZTER ARM!!

Was ist es denn, was die Wirklichkeit immer wieder über den Traum und die Phantasie triumphieren läßt? Ihre unverdrossene Beharrlichkeit ist es, ihre zäh-schmierige Hartnäckigkeit. Dagegen kommt keine Wissenschaft an. All diese Bemühungen scheinen mir nur ein Herumfuchteln mit Begriffen, deren Gültigkeit allein darin besteht, daß sie fortlaufend auf den neuesten Stand gebracht werden. Dieses sogenannte Wissen ist am Ende bloß die geschwätzigste Form der Nachricht von der eigenen Ohnmacht.
Es ist aussichtslos, gegen die Kraft des Seins ankommen zu wollen. Aber sinnlos ist es nicht. Ist denn ein Feuerwerk sinnlos, bloß weil es die Nächte nicht abschaffen kann? Ich spüre die Wirklichkeit wie eine Faust, die mir in einem unberechenbaren Rhythmus auf die Nase schlägt. Soll ich deswegen das Atmen aufgeben? Ich kann es nicht. Die Wirklichkeit muß meinen Trotz nicht fürchten. Aber ich, ich brauche ihn, weil er die einzige feste Stelle in diesem endlosen Sumpf ist.

– Nee du, laß den! Den hammse heut operiert.
– Achsoo, dann gebbichm Sthermometer besser erst, wenner aufgewacht iss, ne?
– Ja, aber denk dran, dasser jetz nur noch dess fürn Mund kricht!
Ich wußte genau, was geschehen war. Das einzige, was ich nicht wußte, war, wie ein Anästhesist derart versagen kann. Es ist ein schwieriger Beruf. Aber daß ich mitten in der Operation aufgewacht bin und den operierenden Oberarzt mit »Zahl, du Hundesohn!« angebrüllt habe –! Ich, der ich sonst vor Zurückhaltung traue ich sollte mich vielleicht bei der nächsten Visite bei ihm – nein! Nein!

Kannst du dich bei jemandem entschuldigen, der dich wie einen Truthahn zerlegt?
Ich, hatte ich immer gedacht, bestünde aus unverzichtbaren Teilen, die nur in ihrer herrlich einzigartigen Komposition jenes edle wahre Ganze ausmachen, das Mensch heißt. In Wirklichkeit aber verhält es sich wie mit einem Laib Brot: Wie viele Scheiben du auch abschneidest, es bleibt immer Brot. Selbst die einfachste Zimmerpflanze hat mehr Anspruch auf Selbstachtung, indem sie, schneidet man ihr alle Blätter vom Stengel, auf ein unwürdiges Weiterleben verzichtet und den Geist aufgibt. Als Mensch komme ich kurz vor den Regenwürmern, die sich in ihrer ehrlosen Lebensbesessenheit nach Zerteilungen sogar noch regenerieren.
Dieses elende Weiterleben! Warum schieben sie mich nicht einfach in den P-Raum, und basta? Warum schnippeln sie ständig etwas ab? Die schlimmsten Stellen, heißt es. Die schlimmsten: Sie benutzen den Superlativ und können mit dieser Salamitaktik ihre Operationssäle auslasten. Habe ich denn als Kranker keine Würde, bloß weil in einer Universitätsklinik der übende Nachwuchs – Ruhe! Ruhe! Narkose, Nachwirkungen ... ich sollte schlafen, bevor die Wunde zu schmerzen ... ach ... sie sagte Etüde ... ein komischer Name ... oder war's Prof. Zahl, der befahl ... hol die Tüte ... für den abgeschnittenen ... och ... ach ... schch ... schch ...

Als ich aufwachte, fand ich ein Buch vor mir. Erst wollte ich überlegen, wie es dahin kam. Ach ja, erinnerte ich mich, wußte aber nicht so recht woran. Ich – so begann der Text des Buches, und ich überlegte, wer damit gemeint sein könnte. Jeder, kam es mir, im Grunde konnte jeder damit gemeint sein. Ein unzuverlässiges Wort, dieses »Ich«, leer und ohne tiefere Bestimmung. Ein merkwürdiger Umstand, dem ich aber nicht weiter nachgehen wollte. Es galt, im Text voranzukommen, also begann ich nochmals zu lesen. Ich traute meinen Augen kaum, aber auch das zweite Wort hieß »Ich« und auch das dritte und alle folgenden Worte, nichts als »Ich« ...

Zweifellos ein eintöniges Buch, ohne Differenzierung und Abwechslung. Auch wenn ich ein rechter Büchermensch bin – muß ich alles lesen, was mir unterkommt? Zwar gut, der Text war von staunenswerter Einheitlichkeit und Konsequenz. Er gab sich keine weitere Blöße und schien, ich spürte es nicht ohne Wonne, von mir selbst zu handeln. Dennoch war sein Inhalt beunruhigend gleichförmig, und ich fragte mich –

– Wir sind die Welt, wir sind die Welt, wir sind ...

Was? Wer flüsterte da nicht jemand hinter mir wisperte es: Wir sind die Welt! Nur mühsam gelang es mir, mich umzuwenden. Alles tat weh dabei, und ich wollte gerade überlegen warum, als ich zu meiner Überraschung vier unbedeckte weibliche Brüste gutgelaunt vor mir wahrnahm. Sie waren es, die, köstlich auf- und niederhüpfend, jene die Welt und sie selbst betreffende Formel allerliebst modulierten: Wir sind die Welt, wir sind ... Nicht daß ich das Ungewöhnliche, ja fast Irreguläre der Situation nicht bemerkt hätte. Wer schon wollte von sich sagen, eine solche Begegnung mit vier tuschelnden Brüsten sei ihm herkömmlich? Es war dies etwas Exklusives und, die Anmut der Erscheinung in Rechnung gestellt, etwas äußerst Nobles. Gleich wollte ich nach einer der bezaubernd Hüpfenden haschen. Um das Phänomen besser zu erfassen und den gewonnenen Eindruck zu vertiefen, war es mir näm-

lich, ich müßte durch zarte Berührung der entstandenen Verbindung zusätzliche Realität verschaffen. Aber alles, was ich mit meinem Bemühen erreichte, war ein grimmiger Schmerz in der Schulter.
Was war los mit mir? Galt es doch, jetzt endlich die grazilen Vibrationen der herrlich auf- und niederfallenden Formen, weich und lieblich wie sie waren, auf zartfühlenden Fingerspitzen dämpfend mitzuempfinden! Ja, es war vorzüglich jenes stille Erzittern der Fülle nach dem Herabfallen, das mich zu immer neuen Greifversuchen antrieb. Aber auch das nach stattgehabtem Auszittern plötzlich erfolgende Hochschnellen der Brüste nahm mich nicht wenig ein. Wir sind die Welt – kein schlechter Satz, und doch eher eine Neckerei, denn der Ausspruch der Brüste mußte mir den Fehlschlag meiner Greifversuche um so ärgerlicher machen. Wer die Welt vor Augen hat, will sie auch fassen. Vier liebliche Brüste und die Welt – für mich unerreichbar. Welcher Mißerfolg! Ich spuckte vor Empörung aus. Was hatte mein Versagen zu bedeuten? War es ein Zeichen? Wofür?
Hilflos sah ich umher. Mein Blick fiel auf das vor mir aufgeschlagene Buch. Ich las und erschrak: Ich Ich Ich . . .! Mit solcher Lektüre hatte ich mein Leben vertan! Eine Fehlentscheidung! Wie konnte es mir passieren? Jetzt war es zu spät, um noch alles zu wenden. Die Brüste hüpften, mich verhöhnend, vor meinen Augen auf und nieder: Wir sind die Welt, wir sind die Welt, wir... Verflucht! Ich mußte nach ihnen greifen! Eine wenigstens wollte ich mußte einmal im Leben sollte ich eine in der Hand – aber so sehr ich mich auch bemühte, außer einem abscheulichen Schmerz in der Schulter kam nichts dabei heraus.
– . . . du . . . nee . . . was machsnduda . . . hihi . . .
Wie? Wurde ich beobachtet? Die nun aufkommenden

Stimmen bewiesen es: Man hatte mich und mein schändliches Handeln entdeckt!
– ... ui ... du ... nich so schnell ... hihi ...
Ich wollte vor Scham vergehen. Nach vier mir nicht zugedachten Brüsten frech zu greifen versucht! Wie konnte ich mich so gehen lassen? Nun war ich zum Gespött von Zuschauern geworden. Meine Schuld lag so offen zutage wie mein Scheitern. Ein Greif- und Grapschlump, der in seiner gierigen Niedertracht auch noch scheitert! Es war klar: Ich mußte mich sofort bei den vier Brüsten entschuldigen. Eine Maßnahme, die unzureichend genug war, aber es fiel mir in diesem bedrückenden Moment nichts Besseres ein. Später, so dachte ich, würde es mir vielleicht gelingen, mich mit irgend etwas herauszureden. Später? Ich wollte auf meine Armbanduhr sehen, aber es ging nicht. Wieder bloß der Schmerz. Was hatte dies zu bedeuten? Wo war mein Arm? Und überhaupt: Wo war ich?

– ... nein ... hihi ... du ... lieber da ... aba nich so fest ... hihi ...
Wer wo was war ich immer noch in diesem elenden Moment wurde mir klar, daß ich erst jetzt wirklich aufgewacht war. Irgend jemand piepste im Zimmer herum. Ich riß mich zusammen und drehte, was nicht einfach war, den Schädel in Richtung – klar, die Bankfräuleins! Also mußte es schon nach fünf sein. Sie kamen immer nach fünf. Ein Wunder, daß mich die Schmerzen nicht schon früher geweckt hatten.
Sie saßen auf den Matratzen, dicht neben ihren Freunden, von denen jeder eine Hand unter sie geschoben hatte. Man sollte glauben, daß Bankangestellte so etwas nicht tun;

noch dazu vor anderen Leuten. Aber hier in dieser Menschenmetzgerei, wo jedes zivilisatorische Gefühl abstumpfen muß, kommt ihr Bank- und Angestelltentum gegen die Lebenssucht einfach nicht mehr auf. Außerdem: verglichen mit den Zügellosigkeiten, die Dupek an uns verübt, indem er über seine Fernbedienung fingert – jedenfalls ist die Klaviatur der Bankangestellten die menschenfreundlichere.
– ... ui ... ich ... ui ... hihi ...
Menschenfreundlicher in mehrerer Hinsicht. Denn wir, die wir noch Augen und Ohren haben, profitieren davon. Warum denn auch nicht? Sollten das Betrachten und Hören von Körperteilen ungehöriger sein als ihr Absägen und Wegschneiden? Selbst wenn die These, ein Mensch verliere mit seinem eigenen Geschlechtsorgan zugleich das Interesse an dem von anderen, wissenschaftlich bewiesen wäre, wäre sie grundfalsch. Ich bin der beste Gegenbeweis.
Wie unsinnig zu glauben, die Sache habe etwas mit Hormonen und Drüsen zu tun – eine Verwechslung beiläufiger Nebenumstände mit dem Kerngehalt des Phänomens, die für die Wissenschaft typisch ist. Hormon: Aus Prahlerei und um sich die Nerven zu beruhigen, reden sie von einer so unbegreiflichen Angelegenheit, wie der Geschlechtstrieb zweifellos eine ist, als handele es sich um ein Kleinteilephänomen, das, Uralttrick der Studierten, durch die Benennung mit einem altgriechischen Namen für begriffen erklärt wird. Kann ich denn ein Buch begreifen, indem ich weiß, daß es aus Papieratomen besteht? Wie soll denn ein Hormon, ein Stückchen Schleim also – wie nun, frage ich, soll sich der altgriechische Schleim in denjenigen Gedanken verwandeln, der mir beim Anblick eines bis zum Anschlag entblößten Bankfrauenbeins durchs Zerebrum zwiebelt? Nein, dieses Phänomen ist

ein geistiges, und die Schleimforscher können noch so viele Gattungen von Kleinteilchen entdecken und benennen, mühen mögen sie sich mit ihren Zaubersprüchen gleich Priestern beim Meßopfer, niemals wird ihnen die Transsubstantiation der materiellen Substanz in die geistige gelingen.

– ... hihi ... aba machse nich ganz auf ... ohh ...

Ich verfluchte die frische Operationswunde, die mich daran hinderte, mich seitlings zu drehen. Die Schwerenöter aus dem Bankbereich machten sich gerade an die Blusen. Es ist bloß ein Fingern, Tapsen und Fummeln, alles nur flüchtig und wie nebenbei. Vielleicht ist es wegen dieser Flüchtigkeit und Vergänglichkeit, daß wir anderen, die wir nicht mittun dürfen, die Augen für keinen Moment davon abwenden können. Dupek, um sich besser zu konzentrieren, schaltet sogar den Fernseher ab. Nicht daß die beiden Bankfräuleins schön wären. Was mich anzieht, sind eher – ihre Blusen.

Den ganzen Tag, muß ich denken, haben diese Blusen, noch dazu von lieblichen Brüsten gewärmt, in einem menschenvollen Schalterraum verbringen dürfen. Gewiß haben sie in einer Stunde mehr erlebt als ich in fünf Monaten (in den Gedanken eines bettlägerigen Krankenhauspatienten wird selbst das einfache Plaudern über einen Sparvertrag zu einem phantastischen Abenteuer). Gerade weil es sich um gewöhnliche, fast hausbackene Blusen handelt, für die der Alltag und die Brüste eine Selbstverständlichkeit sind, erscheinen sie mir im Zusammenwirken mit dem hektischen Fingern unserer beiden Bankangestellten von ungeheurer Anziehungskraft.

Ich will mich nicht herausreden. Natürlich sind es die Brüste, die mich interessieren. Noch nie habe ich sie gesehen (wie denn auch bei dem hysterischen Gefummle?). Und

doch träume ich oft von ihnen und spreche mit ihnen wie mit einem vermummten Kopf.
– ... ui ... ui ... o ... o ... ooh!
Es geschieht nicht ohne Härte gegen uns andere, wenn die Bankfräuleins, nachdem sie das Zimmer betreten haben, zu den Betten der Bankangestellten streben. Sie tun es mit einer Bestimmtheit, als gäbe es keine Alternativen. Die beiden stehen eben ganz unter dem Eindruck der Wirklichkeit. Mir aber, dem die Bankfräuleins großartige Ideen sind, erscheint ihr Wille nicht unüberwindbar. Zum Beweis schloß ich die Augen. Und sah: wie die Bankfräuleins, stark verbessert, nun nochmals ins Zimmer traten. Mit strengem Wägeblick (wie beim Hausfraueneinkauf) gingen sie die auf gurgelnden Wassermatratzen präsentierten Fleischreste durch. Hin und wieder deuten, tuscheln, kichern sie haben, wen wundert's, bei der Auswahl Schwierigkeiten. Um so erstaunlicher, daß sie, als das letzte Bett, es ist übrigens meines, erstmals ins zweifach weibliche Blickfeld geriet, war es, als ob sie wie elektrisiert bleiben sie stehen und sehen sich an was erkennen sie mich? frage ich, von der Krankheit verstümmelt und enthaart, mich: klar, die Ausstrahlung, der Charme – so etwas verliert sich nicht eine Sekunde dauert es, und sie sitzen neben – mir! (*Wütendes Gurgeln von den Nachbarmatratzen*) Ei ja nun hatten sie beugten sich aber auch schon – möglichst gleichzeitig – mit ihren duftenden Blusen über mich erfüllte sogleich war mir, als ob der – Himmel, aber auch! rief ich, ich! Ich! Ich! Ich also! Doch sie hatten mich schon von Küssen übersät, sah ich, wie sie mit wunderhübschen Fingern lösen sie bereits jetzt konnte ich die Blusen – endlich! Endlich also auch ich werde nun also, dachte ich gerade noch, als –
– Soo, die Härrn! Schlusss jetz!

Die Nachtschwester hatte brüllend die Türe aufgerissen. Die beiden Besucherinnen sprangen auf, stopften die Blusen in den Rock und setzten ihre Brillen auf. Während sie sich seufzend von ihren Berufskollegen verabschiedeten, lief die Nachtschwester durchs Zimmer und rief, indem sie die Wundverbände und den Sitz der Katheter auf Festigkeit überprüfte, daß die Besuchszeit schon wieder überschritten worden sei. Schließlich verließen die Frauen das Zimmer. Eine kurze Stille trat ein. Dann schaltete Dupek den Fernseher an.

Mittwoch, den 15. März
Endlich wieder ein Tag, an dem ich ganz bei mir selbst bin. Die Fahrt nach Venedig war ein Unfug. Eine Woche habe ich gebraucht, um die gespenstischen Eindrücke dieses Erlebnisses abzuschütteln. Überall schreiende Menschenmassen in hohler Maskerade, hemmungslos Betrunkene, eine vulgäre Horde in blinder Tollheit, die vor nichts zurückschreckt.
Endlich kann ich mich wieder über mein Sofa flegeln, Tee trinken und Musik hören. Ich habe das Bedürfnis nach völliger Stille. Nie ist mein Verlangen nach Alleinsein größer als dann, wenn ich unter vielen Menschen war. Es ist wie die Genesung von einem gräßlichen Alptraum. Ich stelle mit großer Genugtuung fest, daß ich seit fast vier Wochen nicht mehr geweint habe. Die jämmerliche Phase der Anklage und des Selbstmitleids scheint endgültig überwunden. Die einzige Krankheit, die ich wirklich zu fürchten habe (weil ich sie verhindern kann und somit für ihren Eintritt verantwortlich bin), ist die, meine innere Ruhe zu verlieren. Ich habe es nie bedauert, keine Freunde zu haben.

Das Krankenhaus hat mir heute die Kostenvorschau übersandt, die mir Dr. Schlämmer angekündigt hatte. Die Kosten sind horrend, viel höher, als ich dachte. Da die Krankenkasse nur einen Teil der Kosten bezahlt, muß ich vermutlich alle Ansprüche aus der Entschädigungsrente, die ich von der Europäischen Union erhalte, an das Krankenhaus abtreten.

– Hallo Bapa!
Besuch für uns. Frau Dupek und ihr törichter Sohn. Besuch – für uns, denn in diesem Zimmer ist jeder Besuch für uns alle zugleich. Manchmal glaube ich, der Verlust der Gliedmaßen hat mein Gehör verfeinert. Wäre ich unter anderen Konditionen über diese Fügung glücklich, hier, wo ich dem Fernsehterror und Besuch meiner Mitpatienten ausgesetzt bin, bedeutet ein gutes Gehör die Gipfelung des Quälens und Leidens.
– Kukkma, Bapa!
– Daa, die für die übernächste Woche hamma auch schon gekricht! legte die Dupek-Frau ein Bündel Fernsehzeitschriften auf den Nachttisch ihres Gatten. Der Anblick eines großen Glases voll Erbrochenem hätte keine verheerendere Wirkung auf mich ausüben können. Dupek aber, in seiner mürrischen Art, gab nur einen unwirschen Laut von sich.
– Kukkma, Bapa!
Der Dupek-Sohn: ein Abbild seines Vaters. Seines Vaters, meine ich, wie er einmal ausgesehen haben mag, bevor das Virus ihm seine jetzige Gestalt verpaßt hat. Aus einer Art Turnschuhe heraus, die sehr bunt, gigantisch und im Grunde amorph waren, entwickelte sich ein Körper, des-

sen enorme Fülle durch eine maßlos weit geschnittene Bekleidung ins schier Unübersehbare gesteigert wurde. So sehr die riesenhaften Kleidungsstücke in puncto Farbe zueinander in Widerspruch standen, dies jedenfalls hatten sie miteinander gemein, daß überall in gewaltigen Lettern englische Redensarten wie »Basic Team«, »Los Angels Raiders«, »Low Life Division« usw. zu lesen waren.
– Siehstes? bohrte der Dupek-Sohn und hielt seinem Vater eine Cola-Büchse hin. Die hammse jetz neu rausgebracht! Daa! Doatmund! Un daa, siehstes? Die Bayern! Alle von der Tschämpiens-Liecha sin drauf!
Dupek nahm prüfend die ihm hingehaltene Dose in die, eine hat er noch, Hand.
– Auf jeder isswas andres drauf! Inter Mailand, Effzeh Batzelohna, Paris, Liwapuhl – alle aus der Tschämpiens-Liecha, mit Meistertitln, un daa, die vom Pokal un die von der Ouhehfaa … Daa, siehstes? Geil!
Dupek gab die Dose zurück und winkte zur großen Enttäuschung seiner Familie verächtlich ab. Ich hatte nichts anderes erwartet. Er reagiert immer so, besonders, wenn man ihm Artikel aus seinem Kiosk mitbringt. Sei es, weil er die Mitbringsel nicht mehr konsumieren kann, oder sei es, daß sie ihn übermächtig an die Umstände seiner Infizierung mit dem Virus erinnern, jedenfalls versetzt ihn das Voraugenführen solcher Handelsprodukte regelmäßig in eine wütende Stimmung.
– Wir hamms doch bloß mitgebracht, weil dess dich früher immerso interessiert hat mitm Fußball unso …, bemühte sich seine Frau, aber er achtete nicht darauf und schlug statt dessen, wie er es in Fällen übergroßen Ärgers oft tat, mit der Hand auf seinen Nachttisch. Eine alberne Reaktion, dennoch beneide ich ihn um die Kraft, die er bei solchen Gelegenheiten noch aufzubringen imstande ist.

Der Sohn mit seinen Dosen trat eingeschüchtert zurück. Eigentlich war das Schlimmste an diesem Sohn sein Alter, oder besser gesagt, seine Alterslosigkeit: War er vierzehn? War er zwanzig? Nun entstand eine Stockung in der Familienkonversation. Es geschieht dies unter den Dupeks oft. Selbst am Anfang, als Dupek noch vollständige Sätze durchaus hätte hervorbringen können, beschränkte sich sein Beitrag auf ein gelegentliches »Hm«, »Ach was« oder »Wieso denn, verdammt!«.
Seine Frau bringt die Zeit meist mit der Aufzählung von Grüßen und Besserungswünschen zu, die, wie ich vermute, von Kioskkunden herrühren. Im übrigen berichtet sie regelmäßig von unverkauftem Schokogetränk, ausgegangenen Kaugummis und schlechtem oder gutem Wetter – alles Dinge, die Dupek immer weniger interessieren. Einzig der von Ausländern betriebene, für Kioskhändler ungemein schädliche Schwarzhandel mit Zigaretten, ein Thema, bei dem man jedesmal um den Nachttisch fürchten muß, ist noch geeignet, zumindest kurzfristig ein hohes Maß an emotionaler Zusammengehörigkeit zwischen den beiden Eheleuten zu erzeugen.

Polizeiprotokoll vom 6. Mai . . .:
Am 5. Mai . . ., kurz nach 21 Uhr, wurden PHM Horch und ich von der Einsatzzentrale über einen Randalierer in den Knut-Hammerstein-Sälen informiert. Wir kamen kurz danach dort an und fanden einen jungen Mann, der vom dortigen Hausmeister festgehalten wurde. Er hatte die Festveranstaltung »Europa – geradeaus in die Zukunft!« gestört. Nach Aussage des Hausmeisters und anderer, die dabeistanden, war der Mann unerlaubt an das Mikrophon

getreten. Dort soll er wörtlich gerufen haben, »Die Seuche ist ein Symbol!« und »Diese Wirklichkeit ruiniert uns!« Dann soll er noch einige andere unverständliche Parolen gerufen haben, die gegen die Festveranstaltung gerichtet waren. Abschließend soll er gerufen haben: »Europa bringt sich damit um!«
Der Mann bestritt nicht, die Äußerungen getan zu haben. Er gab an, Fred Openkör zu heißen. Einen Ausweis habe er nicht dabei. Auf näheres Befragen gab er zu, daß er das MOI-Virus hat. Dies habe zu seinem Verhalten geführt, das er sich jetzt selbst nicht erklären könne. Er müsse nächste Woche endgültig ins Krankenhaus und sei deswegen in einer Ausnahmesituation. Es sei das erste Mal gewesen, daß er eine politische Veranstaltung besucht und dann auch gleich gestört habe. Er sei sonst ruhig und zurückhaltend.
Der Leiter der Veranstaltung erklärte, daß wegen der Erkrankung des Herrn Openkör keine Strafanzeige gestellt werden soll.

PHM Greiner

– Un ej oh hassndu dess gestern geseehn, dess mit dem Typn inner Glückstromml? Wie der abgeräumt hat!
Dupek nickte beiläufig seinem Sohn zu.
– Nnachelneun Eurogolf! Ders mindestens dreißichtausend Euro wert. Mönsch! Dess müßtuns auchma passiehrn!
– Wir kukkn die Glückstromml iss jetz dess, erläuterte die Dupek-Frau für den uninteressierten Zimmerrest, was wir fast jedn Tach kukkn.
Als ob ich's nicht wüßte. Dein Mann kukkts ja auch! Und was mich angeht, so könnte ich dasselbe von mir sagen,

hätte ich nicht in monatelangem Training die Fähigkeit entwickelt, bei bestimmten Fernsehsendungen in eine Art Trance zu fallen.

– Un Maiämie Kops, hassen dess auch gesehn? Nich? Achso, ich weiß schon, dess überschneidet sich …

– Dassie hier aber auch noch kein Fideo hamm! Ne?

Ich hasse sie, diese Familie. Ja, ich hasse sie, obgleich ich weiß, daß eine so radikale Einstellung mit den herrschenden Moralgesetzen nicht in Einklang steht. Ich bin mir bewußt, daß das Versagen dieser Familie sich mit den Zeitumständen und gesellschaftlichen Fehlentwicklungen begründen ließe. Aber sind *sie* deswegen unschuldig? Muß man den Fernsehapparat erfunden haben, um des Verbrechens, sich mit abstoßenden Fernsehsendungen in das Leben Unschuldiger einzumischen, schuldig werden zu können? Ich weiß, daß man die sogenannten kleinen Leute eines politischen Prinzips wegen öffentlich für unschuldig erklärt. Man tut es, weil ihrer so viele sind, während die statt ihrer beschuldigte sogenannte Gesellschaft bloß eine einzige und übrigens kaum mehr als ein Begriff ist. Ihm, dem wehrlosen Begriff, läßt sich ohne Gefahr die Verantwortung für eine zerstörerische Einrichtung, wie das Fernsehen eine ist, leicht zuschieben, während Millionen brutaler Einzel-Dupeks unbezichtigt ihren täglichen Terror gegen Hilflose ausüben dürfen.

Ein lauter Zisch riß mich aus meinen Überlegungen. Der Dupek-Sohn hatte eine der Cola-Dosen geöffnet und hielt sie sich gurgelnd an den breiten Mund. Alle (außer natürlich mir) blickten neidisch nach ihm hin. Einer der Werbespots, die ich bisweilen ansehen muß, fiel mir ein. Die Mutter hatte unterdessen die letzte Hand ihres Mannes ergriffen und begann leise zu wimmern. Es ist dies so das Übliche, wenn die Aussprache innerhalb der Dupek-

Familie endgültig ins Stocken geraten ist. Ich wußte, daß es nun auf solche Weise einige Zeit hintreiben würde, und kam auf meine Lieblingsgedanken zurück:
Ist die Dupek-Familie unfähig zur Konversation, weil sie dem Fernsehwahnsinn verfallen ist? Oder ist die Dupek-Familie dem Fernsehwahnsinn verfallen, weil sie unfähig zur Konversation war? Für sich sind sie vermutlich ganz gewöhnliche Leute. Für mich aber sind sie die Verleiblichung eines grausigen Prinzips.
Worin bestand der Unterschied zwischen mir und den Dupeks? Ursprünglich glaubte ich, es sei eine Frage menschlicher Fortentwicklung. Bis ich endlich gewahr wurde, daß sich die Dupek-Welt zumindest insofern mit der meinen auf einer Höhe befindet, als auch sie in mir und meiner Welt etwas im Verhältnis zu ihr selbst durchaus Tieferstehendes sieht. Es ist das Unfaßbare und schier Bodenlose einer solchen Entdeckung, das manchen hindert, sie zu machen. Welcher vernünftige Mensch auch käme auf die Idee, daß jemand einen anderen, nur weil er dem vierundzwanzigstündigen Programm des Fernsehkanals »Euro Sport« nichts abgewinnt und bei einer Sendung wie »Die Glückstrommel« in Trance fällt, für einen Deppen und Idioten hält? Und doch weiß ich, daß Dupek dies tut.
Welch kindischer Gedanke, jeder Dupek sei wegen seiner menschlichen Abstammung ein potentieller Nicht-Dupek, der durch Bildung und höfliches Zureden von seinem Dupektum abgebracht werden könne. Diese Fehleinschätzung ist es, die jedem Nicht-Dupek im Ringen mit einem Dupek immer wieder katastrophale Niederlagen einträgt und die, wie ich glaube, letztlich zum totalen Untergang aller Nicht-Dupeks führen wird. Die Dupeks dagegen sind von keinem solchen desperaten Missionsdenken erfaßt, sondern setzen ihre eigene Konzeption ohne vieles

Fragen einfach durch. Für Dupek bin ich ein Spinner und – hätte er seine Formulierungsnot durch ein geisteswissenschaftliches Studium ein wenig abgemildert – das Andere schlechthin, etwas Unbegreifliches und pervers Abartiges. Diese Entschlossenheit im Urteilen und Scheiden ist es, die ihm und seinesgleichen die Schlagkraft verschafft. Erbarmungslos wissen alle Dupeks die Welt zu scheiden in die ihre (in der Geschehnisse wie die »Tschämpiens-Liecha« sowie die »Glückstrommel« einen ruhmvollen Ehrenplatz einnehmen) und jenen kläglichen Rest, in dem fremdes Spinnertum –

Ein furchtbarer Aufschlag der Dupekschen Hand auf den Nachttisch gebot meinen Erwägungen Einhalt. Diese Willensäußerung des Oberhauptes ist für den unerkrankten Teil der Dupek-Familie so etwas wie das übliche Zeichen für den Aufbruch. Es geschieht immer auf dieselbe Weise: Nachdem die angeblichen Grüße ausgerichtet, die Fernsehabenteuer der letzten Tage durchgesprochen und der Tragik der Dupekschen Erkrankung durch Wimmern, Handtätscheln und Verfluchen aller Umstände ausreichender Tribut gezollt worden ist, verkündet die Zentralfigur des Geschehens durch einen kräftigen Hieb, daß sie des Jammerns und Besuchens nunmehr satt sei. Ich bin froh, daß die Sache auf solche Weise ein Ende findet. Es wäre mir furchtbar, wenn die Familie, anstatt sich zu trennen, infolge eines starken Zusammengehörigkeitsgefühls oder aus alter Gewohnheit zu gemeinsamem Fernsehen überginge.

– … un saachs mir jaah, wennde noch irchendwas brauchst!

– Also, Bapa, ne? Halt die Oohrn steif!

Mittwoch, den 4. Mai

Ich bin allein. Schon lange habe ich nicht mehr darüber nachgedacht, aber heute, als ich mit all den anderen im Warteraum des Versorgungsamtes saß, mußte ich darüber nachdenken.

Solange ich allein bin, fällt mir mein Alleinsein nicht auf, erst wenn andere da sind, spüre ich es. Es ist wohl auch gar nicht mein Alleinsein, das ich dann spüre, sondern die Unmöglichkeit, ihm zu entrinnen. Ich, sagen mir die anderen, sobald ich sie betrachte, bin bloß hier, um dir die Möglichkeit des Nichtalleinseins anzudeuten. Damit du siehst, wie schlimm die Unmöglichkeit des Nichtalleinseins tatsächlich ist. Nein, antworte ich dann, sie ist gar nicht schlimm, schlimm ist nur das gemeinschaftliche Alleinsein.

Als ich endlich an die Reihe kam und zu dem Beamten ins Zimmer trat, gab es bloß noch einen einzigen Gedanken für mich: welch ein schauriges Arbeitsfeld, mußte ich denken, tagtäglich zu Leuten mit solchen Krankheiten reden zu müssen. Aber, erkannte ich bald, es sind ja gerade wir Leute mit solchen Krankheiten, die sein berufliches Leben mit Sinn erfüllen. Je liebenswürdiger er mir half, die Formulare auszufüllen, desto mehr gewann ich den Eindruck, der Beamte beherrsche seinen Beruf.

Der Entschädigungsfonds der Europäischen Union wird die ungedeckten Kosten für das Krankenhaus übernehmen. Der EEU – damals, als ich die Abkürzung zum ersten Mal hörte, war mir, als handele es sich um etwas Fremdes, womit sich die Bürokratie in mein Leben einmischen möchte. Doch inzwischen sind mir die Buchstaben zu einem freundlichen Wort geworden. Wahrscheinlich ist es nur die Gewohnheit. Solche Institutionen sind auf die Gewohnheit angewiesen, genauso wie der Beamte, der mir beim Ausfüllen der Formulare half.

Früher, als ich von meiner Krankheit noch nichts Genaues wußte, dachte ich, das Leben bestehe aus Normalem, das hinzunehmen sei, weil es zu den Bedingungen des Lebens gehört, und aus Unnormalem, das, falls es unangenehm ist, zur Empörung berechtige. Inzwischen habe ich begriffen, daß es eine solche Berechtigung nicht gibt, weil das Unnormale global gesehen immer normal ist. Trotzdem verspüre ich eine kindische Lust, vor meiner Übersiedlung ins Krankenhaus noch irgend etwas Verrücktes zu tun.

... tschk dmm, dmm ... tschk dmm, dmm ... tschk ...
EI LAFF ITT: SOHNI – GETT PIUR SAUND!
Wie ein übertretender Strom die benachbarten Felder zu überfluten vermag, so auch kann ein Lärm begehrender Mitmensch seine Anrainer in der Gischt einförmiger Geräusche ersäufen. Doch wenn man nach einer Wasserflut hoffen darf, der mitgebrachte Schlamm möge sich befruchtend auswirken, so ist diese Hoffnung im Falle des Lärm begehrenden Mitmenschen und seiner Anrainer meist vergeblich.
Was, so frage ich mich immer wieder, treibt diesen so genannten Tschooi, mit orgiastischen Zischzyklen aus seinem Wook-Mähn nicht allein *sich*, sondern auch *mich* jammervoll zu quälen? Hat er an seiner Viruskrankheit noch nicht genug? Muß er, da sein Körper zerteilt wird, nun auch sein Gehirn zerstückeln?
Ich wage gegen die Inbrunst, mit der in diesem Zimmer den Verstümmelungsaktionen im Operationsraum nachgeeifert wird, nichts mehr vorzubringen. Ein Infragestellen des Dupekschen Fernseh- und Tschooischen Wook-Mähn-Terrors trifft nicht allein auf das Unverständnis der

für ihn unmittelbar Verantwortlichen. Es verstößt auch gegen das in diesem Zimmer hochgehaltene Toleranzprinzip und hat in den Augen des Krankenhauspersonals durch demokratischen Zimmerentscheid längst seine Erledigung erfahren. Zwar darf ich bei Überschwang und Übermaß mit meinem unbeliebten Minderheitenveto reklamieren. Freilich habe ich solches Reklamieren längst als wertlose Vergünstigung erkannt, da mich ihre Geltendmachung infolge der schlechten Verständlichkeit, die meine Widersacher hinsichtlich meines Anliegens vorschwindeln, regelmäßig an den Rand völliger Erschöpfung führt und als günstigste Folge bei meinen Unterdrückern wenige Minuten der Selbstbeherrschung auswirkt, welche Minuten mir überdies wegen der sie begleitenden allgemeinen Mißstimmung und großen Enttäuschung über mich reichlich vergällt sind.
... tschk dmm, dmm ... tschk dmm, dmm ... tschk ...
Es ist vielleicht das Heimtückischste an meiner Krankheit, daß sie die zum Auf- und Zuschwellen unbegabte Knorpelmasse meiner Ohren verschont. Wozu brauche ich sie noch? Ich höre ohnehin schon genug innere Stimmen.

– Ich heiße Goethe, bin Jurist und Staatsminister.
Als ich ihn sah, wußte ich, daß es ein Traum war, konnte aber nichts dagegen machen. Ratlos lachte ich zu meinem eigenen Schutz auf. Er ließ es zu. Gerade wollte ich, um meine Sicherheit wiederherzustellen, die Türe zwischen uns schließen. Doch der Kerl hielt plötzlich etwas Weißes hoch und schrie:
– Der Räumungsbefehl!
– Ein Irrtum! entgegnete ich prompt (Festigkeit ist das einzige Mittel, das beim Umgang mit Behörden helfen kann).

– Der Räumungsbefehl! wiederholte der Mann, der sich als Goethe – nun, eine Ähnlichkeit war wirklich gegeben. Also Goethe! Ich hatte schon mit so etwas gerechnet. Irgend etwas hatte in der Luft gelegen. Aber was? Daß man mich verabschieden und hinauswerfen wollte – ich hatte es geahnt, obgleich mir in diesem Moment nicht alle Umstände, in denen ich mich befand –
– Ich bin noch gar nicht dran, versuchte ich es. In meinen Jahren ...
Jetzt war es er, der auflachte. Natürlich, er hatte alle Daten im Kopf, während ich – welches war der Schlamassel, in dem ich zweifellos steckte? Mühsam erinnerte ich mich: Ich hatte mich zu sehr mit mir selbst beschäftigt und war durch eigenes Versagen in eine gefährliche Isolation geraten ... Kein vernünftiger Mensch wird in einer solch ernsten und selbstverschuldeten Situation zögern, sich – da! Jetzt erst erkannte ich, was er in der Hand hielt er – ein Hanfseil! Ein düsteres Bild entstand in mir: mein blauer Kopf, der rot-braune Schaum am Kinn, die Zunge – nein! Lieber würde ich von einem Hochhaus springen ...
– Sehn Sie doch! flehte ich und zeigte, daß ich armlos war. Er aber prüfte die Festigkeit der Schlinge, blickte kurz auf und murmelte:
– Unbeachtlich. Er hat sich selbst verstümmelt!
– Nein, rief ich, ein Virus! Es ist ein Virus!
– So es ein giftiger Saft, entgegnete er trocken, läge er (er meinte mich) im Spital.
Sein Argument verblüffte mich. Und obwohl ich fühlte, daß etwas daran nicht stimmte, wußte ich nicht, was ich dagegen einwenden sollte.
– Ich, begann ich verzweifelt, aber es gelang mir nicht, einen Satz daraus zu machen.
– Ja, ich weiß, nickte er und blickte mich fast freundlich an.

Es sei angenehm, sich mit sich selbst zu beschäftigen. Ich, ich, immer ich ... – ja, er könne mich gut verstehen, da er selbst oft in solcher Versuchung gewesen, kein fester Kerl zu sein, der im Leben stehe. Aber inwendig lerne kein Mensch sein Innerstes erkennen. Der Mensch erkenne sich nur im Menschen, nur das Leben lehre jeden, was er sei. Dann blickte er betrübt auf das Hanfseil und sagte, ein isolierter Künstler sei ein »gesteigerter Werther«, der früher oder später –

– Später! bat ich, aber er schüttelte den Kopf. Tasso! beharrte er. Tasso!

– Ich werd's mir ansehen, rief ich (um Zeit zu gewinnen). Ich sehe mir den »Tasso« an!

Man mußte mit dem Mann reden. Vielleicht, daß es noch glimpflich ausginge.

– Es ist eine Schande, schrie ich, so laut es ging. Eine Schande ist es, daß ich Ihr Stück noch nicht gesehen habe!

An seinem Gesichtsausdruck erkannte ich, daß ich den richtigen Ton getroffen hatte.

– Ein Mensch, fuhr ich beflügelt fort, ein Mensch, der den »Tasso« nicht gesehen hat! Kein Wunder, daß ein solcher – Lump, muß ich fast sagen, aus mir geworden ist! Das Menschengeschlecht mit Poesie erudieren und sich durch heiteres Streben zu einer höheren Anschauung bringen!

Wie nur fielen mir auf einmal solche Sätze ein?

– Schluß! Schluß! schrie ich wie außer mir. Die moderne Ichlerei – wo hat sie uns hingebracht! So wie Sie einst: tätig in der Welt wirken und alles frisch beleben! Ehrfurcht! Ehrfurcht vor dem Göttlichen, Ehrfurcht vor dem Leben, Ehrfurcht vor dem Mitmenschen! Nur aus diesen Ehrfurchten entspringt die oberste Ehrfurcht, die Ehrfurcht vor sich selbst! Ja! Ehrfurcht! So nur kann der Mensch zum Höchsten gelangen, was er zu erreichen fähig ist, daß

er sich nämlich selbst für das Beste halten darf, was Gott und Natur hervorgebracht haben, ja daß er auf dieser Höhe verweilen kann, ohne durch Dünkel und Selbstheit wieder ins Gemeine gezogen zu werden!
Ich hatte mich in einen wahren Rausch hineingeredet. Es war ein phantastisches Gefühl, und, um es nicht zu verlieren, fuhr ich einfach fort:
– Alles Gescheite ist schon gedacht worden, man muß nur versuchen, es noch einmal zu denken! Eines recht wissen und ausüben, gibt höhere Bildung als Halbheit im Hundertfältigen! Unbedingte Tätigkeit, von welcher Art sie sei, macht bankerott! Das Absurde mit Geschmack dargestellt, erregt Widerwillen und Bewunderung!
Ich merkte selbst, daß solch diffus und systemlos vorgebrachte Sprüch' (obgleich sie von *ihm* waren!) hier nicht hingehörten. Offenbar hatte ich den Faden verloren. Eine ungute Situation, zumal mein Gegenüber anfing, sich wie ein Traumbild aufzulösen. Ich fühlte deutlich, daß damit die Gefahr nicht beseitigt war. Irgendwie war ich tief in einen Dreck hineingeraten – wie und in welchen bloß? Gerade fiel mir der Begriff »Krankheit« ein, als ich eines dauerhaften Gemurmels hinter mir gewahr wurde. Was war *das* nun schon wieder? Nichts Gutes ahnend, wandte ich mich vorsichtig um und erblickte – zwei Münder! Wie? Ist so etwas möglich? Und doch waren da wirklich nur zwei einzelne Münder, aus denen es endlos leierte:
– ... was haben wir falsch gemacht? Was haben wir falsch gemacht? Was haben wir falsch ...
An den Zähnen erkannte ich sie: Es waren meine Eltern!
– Verdammt! schrie ich. Es ist nichts bewiesen!
Wie auch immer meine Eltern in dieser reduzierten Form da hingeraten waren, ich mußte ihnen klarmachen, daß mein klägliches Scheitern noch keineswegs gewiß war.

– Es gibt, hob ich forsch an, nicht den mindesten Anlaß für derlei Spekulationen! Zwar fühle ich mich in meinem augenblicklichen Zustand nicht wohl. Warum sollte ich es abstreiten? Man stellt die höchsten Anforderungen an mich: Ich muß mich mit sonderbaren Deklamationen rechtfertigen, und daß dann auch noch ihr als bloße Münder mir so zusetzt, erscheint mir in seiner Befremdlichkeit völlig neu. Offenbar habe ich den Überblick verloren und weiß selbst nicht, wie ich so sehr herunterkommen konnte. Aber ist das denn ein Grund für Selbstmord? Gerade erst unterhielt ich mich darüber mit Goethe.

Besonders von dem letzten Satz erhoffte ich mir einen starken Eindruck auf meine Eltern. Aber diese Münder schienen mir gar nicht zuzuhören. Sie murmelten immerfort, was haben wir falsch gemacht, was haben wir...? Ich geriet in Wut.

– Das eigene Kind! Wie könnt ihr halsstarrig eine so einseitige Position vertreten? Seht ihr nicht, daß ihr mich mit eurem Gemurmel auf schlimme Weise bloßstellt?

– ... was haben wir falsch gemacht? Was haben wir...

Auch wenn es meine Eltern waren, ich mußte diese Münder stopfen! Womit nur? Ich dachte nach. Was konnte ich nehmen? Es mußte etwas sein, was sie überzeugte.

– Geld! schrie es da plötzlich hinter mir so unerbittlich, daß ich wie umgebracht zusammenfuhr. Professor Zahl! Also war ich doch im Krankenhaus! Er lachte höhnisch und zog etwas aus einer Tüte. Trotz der schwarzen Kruste, mit der es überzogen war, erkannte ich es sofort: Es war mein Geschlechtsteil.

– Es hing am Balkon des fünften Stockwerks! juchzte er und schwenkte das Ding triumphierend hin und her. Ein schlechter Springer!

Wie konnte ich ihn widerlegen? Meine Eltern, Goethe –

ich mußte gegen den frechen Professor vorgehen! Es sei ein Unfall gewesen, stammelte ich. Nie würde ich von einem Hochhaus springen. Selbst wenn ich, was ich momentan nicht nachprüfen könne, tatsächlich gesprungen sei, so sei gerade der Umstand, daß ich den Balkon des fünften Stockwerks verlustvoll gestreift habe, ein starker, wenn nicht sogar unwiderleglicher Beweis dafür, daß allenfalls ein Unfall, nicht aber eine Selbsttötungsabsicht...

Es war mir klar, daß meine Beweisführung gegen den mächtigen Oberarzt zu dünn war. Dennoch vermochte ich in diesem Moment, da mir der Widersacher das ekelhafte Fundstück seitlich in die Brust stieß, keinen überzeugenderen Gegenzug zustande zu bringen. Wie konnte ich seinen Vorteil ausgleichen? Erst als er ganz nah heran war, durchzuckte es mich in wonniger Rachsucht: Ich beiß' ihm die Nase ab!

– Mönsch, nee! Was schnappnsen immer nach mein Knöppn?

Einen Moment lang glaubte ich, der listige Professor habe sich in Schwester Erna verwandelt. Als ich aber sah, daß sie mir statt meines Geschlechtsteils eine Plasmophilspritze in die Brust gesteckt hatte, gab ich nach.

Diese fieberhaften Nachmittagsdelirien bringen mich noch um! Welchen Unfug hatte ich da nur wieder zusammengeträumt? Je mehr sie von mir herunterschneiden, desto schlimmer wird es mit mir. Wann habe ich das letzte Mal die Erde berührt? Ohne Gliedmaßen werde ich zum führungslosen Traumschiff. Wie ein steuerloser Denksegler treibe ich auf den schwachen Wellen meiner Wasser-

matratze. Was auch veranlaßt die medizinischen Teilungszeloten, mir alles vom Rumpf Abstehende wegzuschnippeln? Wissen sie, was es bedeutet, den Fuß nicht mehr schütteln und mit keinem Arm mehr winken zu können? Man wird zum eiernden Gehirntier, das raumlos im eigenen Denkäther schwebt. Endlich weiß ich, was es heißt, ein Borstenwurm, eine Bakterie oder ein Stück Plankton zu sein: das Gurgeln des Wasserbetts, das Gluckern des Plasmamixers – kann es im Pazifik anders sein?
Offenbar werden wir als Versuchsmaterial für zukünftige Ärztegenerationen benutzt. Als Werkstoff für Übungschirurgen, als Teststücke für eine Gerätemedizin, die bald in der Lage sein wird, sämtliche Organe zu ersetzen. In Amerika sollen sie es geschafft haben, einen Mann von unten bis zu den Brustwarzen zu verkürzen. Der arme Kerl habe noch volle zehn Tage gelebt. Man stelle sich ein solches Büstenleben nur einmal vor! Auf irgendeinem medizinischen Sockel aufmontiert, der einen von unten mit dem Nötigsten versorgt. Wird diese Technik nur erst einmal richtig beherrscht, kann man auch an die Verschönerung des Untergestells denken, etwa eine Säule im dorischen Stil. Jemand wie Dupek käme natürlich auf einen Fernsehapparat.
Angeblich arbeiten die Neurochirurgen jetzt daran, die von Körperbewegungen und Organfunktionen verursachten Empfindungen simulierbar zu machen. Das bedeutet im Falle der Büste, daß der Mann trotz seines reduzierten Zustands das Gefühl hätte, vollständig zu sein. Mit einiger Übung kann er sich dann gedanklich so weit hineinsteigern, daß er bei der nächsten Olympiade glaubt, den Hürdenlauf gewonnen zu haben. Schließlich ist alles eine Frage der Vorstellungskraft: wenn *die* nur erst einmal medizinisch gesteigert und besser gesteuert werden kann ... Nun

ja, ein Traum für zukünftige Generationen. Uns jedenfalls hält man noch als orientierungslose Schwebefauna auf gurgelnden Wasserbetten ...
Manchmal erschrecke ich bei dem Gedanken, daß ich mich nie umgebracht habe. Und dann wieder habe ich das Gefühl, mein Leben habe sich hier in einem gewissen Sinne sogar verbessert. Ich weiß, es klingt merkwürdig. Doch wenn ich einmal ehrlich bin – dem Sport habe ich nie viel abgewinnen können, und auf die unzählbaren täglichen Verrichtungen, die das Aufstehen, das Essen und die Haushaltsführung einem Gesunden abverlangen, verzichte ich ohne Bedauern. Selbst jener angeblich höchsten Freude unserer Körperlichkeit, des Gegeneinanderreibens von Geschlechtsteilen, entbehre ich nicht nennenswert. Wozu das ermüdende Betasten und Herumreiben? Beharrlich an immer derselben Substanz, aber mit einer Gier, als ob es um eine Neuigkeit gehe. Nein, nein, solcherart Betrügereien vermisse ich nicht. Meine Inspiration und die Bankfräuleins mit ihren Blusen leisten mir mehr, als ich je in dieser Hinsicht hatte. Andere mögen die Freuden ihrer Fusionen mit Wülsten und Würsten erspüren, ich bevorzuge die Klarheit eines Erkennens, das auf geistiger Anschauung und begrifflichem Durchdringen des Vorgangs beruht. Nehmen wir zum Beispiel Schwester Erna, wie sie jetzt, aus Sorge um mich, mit ihren charmanten Frauenfingern manche der zahllosen Gummischläuche umsteckt und an den harten Knöpfen des Plasmamixers dreht. Wie sie, ohne Ahnung um die Zartheit ihres von einer grazilen Strähne gestreiften Ohres, ohne Wissen um die Anmut ihrer femininen Silhouette, sich sittsam in den Ernst der Meßgeräte versenkt. Schwester Erna! In ihren weißen Söckchen und ihrem weißen, auf bester Wegstrecke füllig hervortretenden Arbeitskleid, dessen fleischfarbene

Knöpfe ich für die Nase des Oberarztes hielt ... – ja, hier an Schwester Erna liegen Reiz und Lust menschlicher Sinnenhaftigkeit ausreichend zutage, ohne daß es irgendeines zusätzlichen Drückens und Schiebens, womöglich unter dumpfem Stöhnen hervorgebracht, noch bedürfte.
Und doch – neben den Schmerzen und Ungemütlichkeiten (ein Gebiet, auf das ich wegen seiner Unbeschreiblichkeit nicht näher eingehen will) ist es der unkontrollierbare und stets schwankende Wechsel der Begebnisse oder, sagen wir besser, die Tyrannei der Erscheinungen, die mir das Weiterleben verekelt: das Krankenzimmer, grauenvolle Alpträume, ihren Betrachter mißhandelnde Fernsehsendungen, ausschweifende Deoluzin-Halluzinationen, ruchlose Fieberphantasien – eines jagt das andere, und bevor ein Ding zum Abschluß oder auch nur zu einem brauchbaren Fortkommen gelangt ist, bricht's ab und geht, als sei es eine Inkarnation modernen Lebens, mit dem allerneuesten Unsinn weiter. Dabei sind es gar nicht die Unmöglichkeit des Vorkommnisses und die Ausgefallenheit seines Hergangs, es ist die mangelnde Konsistenz des Geschehens, die mich am Wert seines Durchleidens zweifeln läßt.

Ich weiß nicht, ob es dieses Virus tatsächlich gibt. Das meiste, was aus der Wissenschaft kommt, muß man ja glauben, ohne es nachprüfen zu können. Aber so, wie sich die Sache inzwischen darstellt, ist sie ohnehin von vorn bis hinten ein Betrug gewesen:
Irgendein erbärmliches Ich, unausgesucht unter den schmierigsten Verhältnissen in einer wildfremden Gebärmutter zugewiesen, den unbekämpfbaren Gesetzen einer hinterhältigen Biologie schutzlos ausgeliefert und von An-

fang an zur abschließenden Verrottung vorherbestimmt – läßt sich denn ein kläglicherer Status auch nur denken? Und dennoch behaupten alle, es sei ein Vorteil, auf die Welt gekommen zu sein – zweifellos der Beweis für eine allgemeine Mut- und Kraftlosigkeit, die dazu führt, daß man die einzige Verschanzung verläßt, die zur Verfügung steht: Anstatt sich mit allen gebotenen Mitteln der Einbildungskraft und geistigen Erfindung gegen die Schurkerei der sogenannten Wirklichkeit zu wehren, ehrt man sie wegen ihrer realistischen Natur. Selbst ein so übles Späßchen wie dieses Virus gilt als ein seriöser Verhandlungspartner, zu dem wissenschaftliche Delegationen gesendet werden können. Jedes neue Verhandlungsergebnis wird als Triumph und Erhebung gefeiert. Mir aber scheint es eher eine närrische Erniedrigung. Was ist denn das ärztliche Personal anderes als ein Priestertum, das in blinder Verzückung um die Gottheiten des Krankseins tanzt? Meine Glieder dienen als blutige Opfergaben, und das Glucksen des Plasmamixers spielt die Musik dazu. Es hat schon den Azteken nicht geholfen – wen die Wirklichkeit vernichten will, den vernichtet sie. Selbst wenn ich der einen Krankheit entrinnen könnte, wäre es der Wirklichkeit ein bloßes Fingerschnippen, eine andere, noch viel gefährlichere zu erfinden. Zwar zielt eine systematische und durchdachte Religion wie die Wissenschaft auf etwas ab, was zur eigenen Ermutigung als Wissen bezeichnet wird. Es sind ja aber nur Dankesgebete. Wer sich einen so despotischen und totalitären Gott erwählt, wie die äußere Welt einer ist, wird stets die Rolle des törichten Opferdieners spielen müssen.
Bin ich denn der einzige, der den Gaunerstreich noch erkennt: hier das winzige, kurzlebige Ich, und da die riesige, endlose und ewige Welt – ist das ein ehrlicher Handel? Es ist ein Drecksgeschäft, ein Schweinekontrakt, der wegen

der beispiellosen Übervorteilung nach Auflehnung und Schmähung verlangt. Ich halte am Vorrang meines Ichs fest, auch wenn diese Krankheit mich umbringt. Selbst die Wirklichkeit ist doch bloß ein Produkt der Einbildungskraft, wenn auch ihr eigenmächtigstes, unbeherrschbarstes und feindseligstes.

Samstag, den 6. Mai

Hätte ich es nicht tun sollen? Ich mußte es tun! Ein einziges Mal mußte ich es tun. »Europa – geradeaus in die Zukunft!« Ohne das Gefühl der völligen Unerheblichkeit meines Tuns hätte ich es wahrscheinlich nicht fertiggebracht. Eine Halle voller Menschen! Aber mir kam es vor, als stünde ich bloß vor dem Spiegel und schnitte Grimassen. »Geradeaus in die Zukunft …« – ich habe mich immer gefragt, was die Menschen dazu bewegen kann, so politisch zu sein. Möglicherweise ist die Politik für viele der letzte Hort von Ideen. Wie kindisch und absurd diese Ideen in der Regel auch sein mögen, es hält doch viele im Leben und gibt ihrem Gemüt fortwährend etwas Beseeltes.

Die Gesichter, als ich ihnen mitteilte, ich hätte das MOI-Virus! Diese Gesichter, in denen sich eben noch Belustigung und Ärger über den verrückten Störer ihrer Reden widergespiegelt hatten, überzog der Ausdruck erschütternder Tragik – einer Tragik, die es außerhalb jener Gesichter ebensowenig gibt wie ein »Geradeaus in die Zukunft«. Menschen, die sich entschlossen haben, politisch zu sein, wissen nichts vom Verschwinden der Tragödie. Sie meinen, unentwegt in einer zu sein, und glauben fest daran, daß die aufwühlenden Begriffe, mit denen sie von der Wirklichkeit schwärmen, berechtigt seien. Nur deshalb

sind sie immerfort in der Lage, sich über die geringste Trivialität gegenseitig in die meistenteils dünnen Haare zu fassen, als handele es sich um den Skalp der Weltgeschichte.
Ich weiß nicht, welchen Sinn mein Auftritt hatte. Fred Openkör, kein vernünftiger Mensch heißt so. Und doch hatte einer der Polizisten Tränen in den Augen. Ein Polizist, der über einen MOI-kranken Randalierer weint! Es war eine blödsinnige Idee. Habe ich geglaubt, andere Menschen könnten mir Rettung oder Trost leisten? Als ob sie nicht selbst krank wären! Diese Krankheit hat uns alle infiziert und ist unheilbar.

– Ich sage dir, steh auf, nimm deine Bahre und geh umher! zischelte es mit unsicherem Unterton durch den Raum.
Der Kerl versucht's doch jedesmal. Es war der Krankenpastor. Anders vermag ich ihn nicht zu nennen. Denn er erscheint mir krank.
Er stand, stark geknickt, am Dupekschen Liegegestell. Viele nennen ihn Herbert, den Schluchzer. Die Respektlosigkeit, die sich in einer solchen Namensgebung widerspiegelt, erachte ich als geschmacklos. Der Mann ist fraglos zerrüttet. Das Elend, das er in den Krankenhäusern gesehen hat, seine Veranlagung zum Mitleiden, sein unverwüstlicher Wille zu Hilfe und Beistand – der Mann ist von der Erfahrung menschlicher Ohnmacht schwer gezeichnet.
Dupek, zutiefst areligiös, wollte vom Pastor wissen, ob die Frau, die angeblich mit 2000 GqF in einem der P-Räume liege, noch lebe. Das Krankenhauspersonal gab zu diesem Gerücht keine Auskunft. Der Pastor war der einzige, der zuverlässige Mitteilungen machen konnte. Doch er zog es

vor, die Dupekschen Bemühungen nach einer anderen Seite hin auszulegen, und erklärte, Jesus habe gesagt, wo zwei in seinem Namen versammelt seien, da sei er mitten unter ihnen. Obwohl sich Dupek erneut mühte, mit seiner letzten Hand die Zahl 2000 irgendwie darzustellen, beharrte der Pastor auf seinem eigenen Thema und führte aus, es komme in Glaubensfragen auf große Zahlen gar nicht an. So habe die im Grunde doch sehr bescheidene Zahl von bloß zwölf Aposteln ausgereicht, um die Heilslehre über die ganze Welt auszubreiten. Auch heiße es nicht umsonst, daß schon ein einziger Gerechter –

Dupek unterbrach ihn mit einem Hieb auf den Nachttisch. Anschließend schnaufte er so heftig, daß er blau anlief. Übrigens halte ich das Gerücht für Unsinn. 2000 GqF sind eine physiologische Unmöglichkeit. Kein organisches Gewebe kann das aushalten. Aber es zeigt doch wieder einmal, wie leicht die Menschen allen Realitätssinn über Bord werfen, sobald es um die Verbesserung der eigenen Lebensaussichten geht. Wenn sie nur eine solche Phantasie, wie sie zur Vorstellung einer Frau mit 2000 GqF erforderlich ist, auch sonst entwickelten! Ihr trübseliger Alltag, den sie durch unmäßiges Fernsehen vollends zugrunde richten, könnte auf solche Weise sinnvoll aufgeheitert werden.

Der Pastor hatte endlich von Dupek abgelassen. Sein Gesicht, aber auch seine Wirbelsäule verrieten, wie sehr er unter dem offenbaren Mangel an Verständigung litt. Dupek war schlichtweg unmissionierbar. Die Dupeksche Sturheit, der Pastor mochte das ahnen, war nur der eine von zwei Gründen, die zum Scheitern der pastoralen Anstrengung führten. Der andere war der, daß Pastor Herbert einfach zu wenig zu bieten hat. Aber wer wollte allein ihn, der er bloß als Vertreter einer höheren Institution handelt, dafür verantwortlich machen?

Dupek, aus Verärgerung, hatte inzwischen den Fernseher angestellt. Die Bankangestellten, in ihrem liebenswürdigen Bedienungsinstinkt, halfen dem Gottesmann durch freundliches Nicken und Winken über den seelsorgerischen Fehlschlag hinweg. Wie ist dieser Niedergang der früheren Religion zu begreifen? Manchmal wünsche ich mir sogar einen Wook-Mähn. Ich würde dann solche Bachkantaten hören:

Mein Gott! Wann kommt das Schöne: Nun!
Da ich im Frieden fahren werde
Und in dem Sande kühler Erde
Und dort bei dir im Schoße ruhn?
Der Abschied ist gemacht,
Welt, gute Nacht!

Wie konnte eine Religion, die solche Musik hervorbrachte, derart niedergehen? Tschooi, mein Nebenmann, schluchzte auf. Pastor Herbert tätschelte ihm über die aufgequollene Hand. Nächste Woche wird sie abgeschnitten. Während Tschooi, wie üblich, auf den Bahnhof zu sprechen kommen wollte, in dem er sich das Virus aus Menschenfreundlichkeit eingefangen hat, erklärte der Pastor, er werde nächste Woche in besonderer Weise für Tschooi beten. Natürlich führte das zu noch heftigerem Schluchzen, und der Pastor – wie anders? – wurde schließlich von Tschoois Schluchzen selbst so stark erfaßt, daß er es noch übertönte.
Dupek hatte inzwischen den Fernsehapparat auf scheppernde Brüllstärke gebracht. Ich sah kurz dem idiotischen Agentenfilm zu, der gerade lief. Irgend jemand schoß aufeinander, nachdem es zu der Merkwürdigkeit gekommen war, daß ein Hubschrauber durch angeblichen Magneteinfluß an einem Strommasten zerschellte. Eine nackte Frau

planschte in einer Badewanne mit zuviel Schaum. Ich mußte an mich selbst denken. Dann stand auf einmal der Pastor an meinem Liegegestell. Das einzige, was ich an ihm wirklich schätze, ist die wilde Anarchie seiner Zitate. Offenbar hält er mich für einen Intellektuellen, denn die Aussprüche, die er, die Augen voller Trost, mir zueignet, gehen trotz ihrer Anschaulichkeit oft ins Abstrakte. Das Himmelreich, flüsterte er dieses Mal, sei gleich einem Sauerteig, den eine Frau genommen habe und unter drei Maß Mehl mische, bis das Ganze durchsäuert sei.
Ich versuchte, ihm klarzumachen, daß wir selbst das Himmelreich seien. Denn, wenn uns auch niemand drei Maß Mehl beimische, so seien wir doch durch das Virus längst so durchsäuert, daß wir aufquellen wie ein Laib Brot. Irgendwie verstand er mich und weinte wieder. Wie, so frage ich mich, war es solchen Burschen einmal möglich, die Menschen zum Bau riesiger Kathedralen anzuhalten? Kann eine ganze Berufsgruppe so weit herunterkommen? Der Mann schien mir in diesem Moment wie ein höheres Wahrzeichen meiner eigenen Krankheit. Wir, so wollte ich ihm zu verstehen geben, aber er achtete nicht darauf, streichelte meinen Restrumpf und munkelte mir mit törichtem Lächeln etwas ins Ohr: von einem Alles, welches er nicht näher beschrieb, welches aber jedenfalls noch gut werde …
Ich nickte ihm freundlich zu und ärgerte mich über meine Gutmütigkeit. An der Türe drehte er sich um, winkte nochmals allen zu und rief wie aus heiterem Himmel:
– Ich sage dir, steh auf, nimm deine Bahre und geh umher!
Er wartete noch einen Moment. Dann verließ er resigniert das Zimmer.

Sonntag, den 7. Mai

Morgen also. Wie hatte ich mich davor gefürchtet, und jetzt – bin ich ganz ruhig. Aber es geht mir immer so. Weil ich das Schreckliche zuerst leidenschaftlich in meinen Gedanken erlebe, erscheint es mir, wenn es tatsächlich eintritt, wie ein fades Abbild. Eine kraftlose und fehlerhafte Imitation, die vergeblich ihrem Ideal nacheifert.

Mein Aufenthalt hier im Krankenhaus erscheint wie ein komisches Witzstück, nicht wie eine bedeutungsvolle Tragödie. Schon bei meiner Ankunft! Ein Einzelzimmer werden Sie nicht bekommen: Zuerst dachte ich, daß diese Mitteilung, die mir eine untergeordnete Verwaltungsperson eröffnete, nachdem sie mit einer Kollegin über einen auf dem Schreibtisch stehenden Gummignom namens »Lurie« (so nannte sie ihn) gescherzt hatte, mir den Rest geben würde. Aber das Gegenteil trat ein. Zwar habe ich noch dagegen protestiert und – wider meine sonstige Gewohnheit – laut geflucht. Aber insgeheim hatte ich das Gefühl, daß eine schwere Last von mir abfiel. Es war, als ob mir jemand mitgeteilt habe, daß ich statt der erwarteten eigenen Hinrichtung bloß einen komischen Film über dieses Thema erleben würde. Als ob die Tragödie, die ich erwartete, in letzter Minute gegen ein Possenspiel ausgetauscht worden sei.

Es gibt keine Tragödien, in denen außerirdische Gummignome, nach irgendwelchen Fernsehsendungen benannt, auf dem Schreibtisch sitzen, während eine Bonbons lutschende Frau gerade mal so auf ihren Computer deutet und ausrichtet, unter allen Hinrichtungsarten sei für dich die grausamste ausgewählt worden. Ich werde mich darauf einstellen. Ich werde den Unernst des Vorgangs akzeptieren. Ich werde mein Sterben als das unerhebliche Stinkei nehmen, das es ist. Es gibt keinen Gott, der es gewollt, kein

Schicksal, das es vorherbestimmt hat. Es handelt sich um eine schlechte Fernsehsendung, nichts Besonderes, allenfalls ein Exzeß an Bedeutungslosigkeit.

Wie soll das einer verstehen? Meine Haarwelt wurde zu bemerkenswerten Schutzzwecken nach einer raffinierten Idee konzipiert. Meine Augen wurden nach einem einzigartigen optischen Prinzip ausgearbeitet, mein Rückrad so sorgfältig geformt ... Und jetzt: Als verseuchtes Fleischstück liege ich enthaart auf einem gluckernden Wasserbett. Ein unförmiger Blut- und Fettmatsch, der durch aufwendige Apparaturen und diverse Chemikalien am Zucken gehalten wird.
Wozu wird ein so mustergültiges Körpersystem entworfen und hervorgebracht, wenn es nach zweifellos kurzer Zeit elend verkommen soll? Zwar bin ich für den Entwurf und die Verarbeitung meines Körpers nicht unmittelbar verantwortlich. Aber ich habe ihn durch Waschen, Bewegen und Zähneputzen über viele Jahre instand gehalten. Ich habe gegessen, damit er wächst. Ich habe ihn täglich angezogen, ihn gekämmt, viel Geld für Friseure ausgegeben und bin für ihn, ich weiß nicht wie oft, aufs Klo gegangen. Habe ich kein Recht auf Erklärung? Habe ich kein Recht auf eine eindeutige und überzeugende Darlegung jener Gründe, die zu seiner mutwilligen und unfaßbaren Ruinierung Anlaß geben?
Ein Virus? Dieses sogenannte Virus ist ein schlechter Witz! Ausgetüftelt von durch Erklärungssucht verkrümmten Medizinergehirnen. Sie haben immer irgendein Tierchen parat, das es gewesen sein soll. »Sehen Sie die helle Stelle hier? Die Ausbuchtung! Tja, das ist's.« Mit pathetischen Erzählungen und wirren Computerbildern schik-

ken sie die gutgläubige Phantasie in die schlimme Falle. In älteren medizinischen Büchern habe ich die Behauptung gelesen, Menschen würden an kaltem Nervenfieber sterben, an grünem Ohrensaft und an Kinnbackenkrampf. Heute, da sie an ihren Computerknöpfen herumdrücken können, wollen die Medizinalerklärer von ihren früheren Ergüssen nichts mehr wissen. Nun haben sie für jede Krankheit unüberprüfbar ein dazugehöriges Mikroelement, das sie Virus nennen und mit dem sie ihre Kommentierungswissenschaft ungehemmt weiter ausüben können. Aber die naive Gewißheit, mit der sie über die heutigen Todesursachen plaudern und die frühere Unwissenheit belächeln, wird auf sie zurückfallen, wenn nur erst ihre eigenen kuriosen Erdichtungen wie etwa die vom MOI-Virus durch die Nachwelt aufgedeckt sind.

– *WENN DU DEIN BESTES GEGEBEN HAST UND DICH DER HUNGER PACKT – DANN GIBT'S NUR EINS: SNICKERS! KNUSPRIG, KNACKIG GERÖSTETE ERDNÜSSE, KARAMEL UND SCHOKOLADE. SNICKERS – WENN DICH DER HUNGER PACKT.*

Dann, nach einem Tusch und einigen Bildmätzchen, »Juropp Njuhs«. Aus der Sicht meiner Zimmergenossen ist eine solche Nachrichtensendung das Äußerste, was sie sich an intellektueller Herausforderung leisten sollten. Ich selbst habe nie verstehen können, worin diese Herausforderung besteht. Vielleicht sind es die zahlreichen, oft ausländischen Namen von Städten, Ländern und Politikern, die mit bestimmten Ereignissen wie Erdbeben, Überschwemmungen, Feuersbrünsten, Reden, Abstimmungen, Kriegs- und Friedensverhandlungen usw. jeden Tag aufs neue in wechselhafter Art kombiniert werden.

Die Eintönigkeit jener Kombinationen wird kaum bemerkt, weil das Argument, sie seien wirklich gerade geschehen, zu mächtig erscheint, als daß man dagegen ankommen könnte. Aber allein die Tatsache, daß Tag für Tag so viel Wichtiges geschehen sein soll, daß man exakt eine viertel Stunde zu seiner Schilderung braucht, müßte doch wegen der unsteten Frequenz, mit der wichtige Geschehnisse erfahrungsgemäß sonst überall eintreten, mißtrauisch machen.
Die Nachrichten begannen mit einem Tennisspiel. Die Neuigkeit bestand darin, daß ein Deutscher (eigentlich sah er eher aus wie ein Engländer) ein mit »UWC« bezeichnetes Turnier in Australien gewonnen habe. Die Freude des Reporters, der Applaus des Publikums und die Unruhe unter meinen Zimmergenossen zeigten mir an, daß wir alle dieses Ballspiel gewonnen hatten. Dann erfolgte der Aufruf zum Kauf von Sportschuhen, die den Namen »YES!« trugen. Ihr Schlawiner! mußte ich denken, und prompt hörte ich von meinem Nachbarn her leichtes Wimmern. Das Bejahende, welches in einem Namen wie »YES!« liegt, übt trotz seiner hohen Abstraktheit doch immer etwas ungeniert Betörendes aus.
– *... dem Minister fachlichen Schwachsinn vorgeworfen. Erforderlich sei jetzt statt dessen ...*
Die Frau auf dem Bildschirm lächelte, was in ihrem Sprechzustand kein Leichtes sein konnte – ein Lächeln, das ihr wie ein zusätzliches Gesichtsorgan anzugehören schien. Ein Minister, ein Mann, von dem ich noch nie gehört hatte, ist zurückgetreten und soll durch einen Mann ersetzt werden, der, wie mir ein einziger Blick auf sein Foto verrät, sich durch nichts von seinem Vorgänger unterscheidet. Ein Wirbelwind, dem sechzehn Menschen an der amerikanischen Ostküste, ein Tankerunfall, dem

die portugiesische Südküste, ein neuer Präsident, dem die Philippinen zum Opfer gefallen sind ...

Ich überlegte, was geschähe, wenn diese Sendung in vier Wochen wiederholt würde. Falls es bemerkt würde, gäbe es gewiß einen Riesentumult, weil die Zuschauer den Ernst und die Würde des Wirklichkeitsprinzips angegriffen sähen. Aber der Eifer, mit dem dieses Prinzip eisern hochgehalten und zäh verteidigt wird, zeigt gerade, wie schwach und verletzlich es ist.

Dann wurden Redeausschnitte in Satzeslänge gezeigt von irgendeinem europäischen Parlamentsgremium, dessen Namen ich nicht richtig verstand. Ein aufgebrachter Grieche warnte vor einer katastrophalen Mogelpackung, die die Vernichtung der Sozialsolidarität festschreibe. Ein Engländer rief, das festgezurrte Paket würde im Gegenteil dem südlichen Armenhaus gerade wirkungsvoll entgegentreten, während eine ältere Schwedin daraufhin irreparable Ausflüsse einer übertriebenen Leistungsgesellschaft einforderte (ein Übersetzungsfehler?), damit nach den Versäumnissen der Vergangenheit durch einen sorgsameren Umgang mit Natur und Demokratie endlich ein, wie sie sich ausdrückte, menschliches Europa der Bürger zum Anfassen hervorgehen könne. Dann rief wieder jemand zum Kauf von Sportschuhen auf: Dieses Mal wurde die Empfehlung mit einem Eskimo begründet, der aussichtslos auf einer Eisscholle stand und verzweifelt auf das schlechte Sprungverhalten seiner Seehund-Fußlappen verwies (endlich mal etwas Humorvolles). Im Rückgriff auf die gezeigte Debatte wurde dann wieder ein Kommissionsmitglied gezeigt, das alle Anschuldigungen zurückwies.

Ein elektronischer Tusch, der von der mit allerlei farbigem Schnickschnack erzeugten Aufschrift KULTUR begleitet wurde, kündigte einen neuen Nachrichtenabschnitt an.

Die Aufschrift erlosch wie ein ermordetes Wort, und es folgte der Bericht über einen Europäischen Frauenkongreß zum Thema: Brauchen wir Geschlechter? Normalerweise hätte Dupek spätestens jetzt umgeschaltet, aber er war bereits eingeschlafen. Eine sich als militant bezeichnende Rollstuhlfahrerin protestierte gegen die unklare Tendenz des Kongresses. Anschließend eine Gruppe von im Hungerstreik befindlichen Künstlern, die als, wie sie sagten, Mahnwache dagegen ankämpften, daß man sie durch Streichung von Finanzhilfen gesellschaftlich ausgrenze. Dann hieß es, das Rebhuhn sei der Vogel des Jahres. Schließlich Ausschnitte aus einem Musical, das morgen in voller Länge auf diesem Fernsehprogramm ausgesendet werden soll. Morgen, wie mir davor graut.

Manchmal, wenn ich eine kleine Wohltat (eine große ist längst nicht mehr möglich) durch das medizinische Personal erfahre, bilde ich mir ein, es stehe mit Schildern vor mir und versuche, mich zu schützen.
Meist aber gehört das Personal zur Gegenseite, zur Krankheit nämlich, die mich mit ihren unüberwindlichen Kräften niederzwingt. In den unerfahrenen Augen eines Gesunden ist das medizinische Personal ein Beistand, den er – gottlob! denkt er – zur Bekämpfung von Krankheiten herbeirufen kann. Doch für den rettungslos im Krankenhausbett Liegenden ist das medizinische Personal bloß derjenige Teil der feindlichen Krankheit, der in Menschenform auftritt. Am schlimmsten treiben sie es mit den Sterbenden, die, wann immer sie prüfend ihre Augenlider heben, nicht das ersehnte Nichts des Todes erblicken, sondern die weißen Kittel des herumwirtschaftenden Personals.

Dieses Personal gehört also zu dem, was mit mir geschieht, nicht zu mir, auch wenn mir mitunter ist, als sei Schwester Erna eine Hervorbringung meiner Gefühle. Aber es fällt mir ohnehin immer schwerer, die Grenze zwischen mir und meinem Leben, das doch früher schon in seinem wesentlichen Teil und jetzt ausschließlich aus unerträglich Aufgedrängtem besteht, noch zu erkennen. Das Äußere reißt mein Inneres ununterbrochen mit sich fort, und ich fühle mich wie Hektor, den der starke Achill, nachdem er ihn zur Leiche gemacht, an den Wagen gehängt und im Triumph durch den Staub von Troja geschleift hat.

Das Äußere hat sich meiner bemächtigt und ist zu keiner Verhandlung mehr bereit. Wie sollen mir da Krankenschwestern und Ärzte Verbündete sein? Wo ich doch nur zum bald ausgewechselten Aufputz ihres Arbeitsplatzes gehöre. Zwar ist es mir etwas Unfaßbares, daß eine Krankenschwester, eine mit eigenen Sorgen genug ausgelastete erwachsene Person also, in unser Zimmer eilt, sobald nur ein Patient auf den Hilfeknopf drückt (bei den Armlosen ist es eine ziehbare Schnur, die um einen der Gliedstümpfe gewickelt ist) – ein Hergang, den man aus dem normalen Leben gar nicht kennt. Aber solche Handlungen, die wie Oasen der Menschlichkeit aus der Ödnis des krankenhäuslichen Alltags hervorzublitzen scheinen, sind ja in Wirklichkeit Dienstleistungen, die in der Berechnung des Gesamtpreises längst enthalten sind. Ich habe auch schon von modernen Krankenhäusern gehört, in denen solche außerordentlichen Maßnahmen gar nicht mehr nötig sind, weil die Stationsschwester auf einem Monitor erscheint, sobald jemand »Stationsschwester!« oder »Hilfe!« flüstert.

Diese funktionellen Verbesserungen sind, wie alles sich Entwickelnde, ohnehin nur Zwischenstadien, wenn auch gewöhnungsbedürftige. Das Ziel ist die Befreiung von allem Überflüssigen, und weil es am Ende wenig geben wird, das nicht als überflüssig erscheint, treibt die Wirksamkeit der Erfindungen immer tiefer in das Nötigste, in das eigene leere Selbst hinein.

Dupeks Klo: Da der Widerling neuerdings dazu übergegangen ist, in einer Art Dr. Schlimm-Nachfolge an seinem Katheter zu manipulieren, ergießen sich seine Säfte (anderes kommt nicht mehr) regelmäßig über den Fußboden. Ich interpretiere dieses fragwürdige Benehmen dahingehend, daß der Knülch, indem er unseren Raum mit seinem Duftwasser besprengt, hundsweise seinen Herrschaftsbereich markieren will. Oder es handelt sich um das Bedürfnis, die Welt so weit wie möglich in seinen üblen Fall zu verwickeln. Bei manchen Kranken habe ich das Gefühl, sie wünschen, die ganze Welt mit in ihren Abgrund zu ziehen. Gott sei Dank ist mir ein solches Anliegen fremd. Wenn das Sterben irgendeinen Vorteil bietet, dann doch jedenfalls den, daß ich mit der Welt nicht in ein- und denselben Abgrund gerate.
Natürlich hegt Olalappu, unser indischer Putzmann, eine große Abneigung gegen Dupeks Sprenkeleien, was allerdings auf den Bett- und Bodenurinierer nur stimulierend wirkt. Muß denn betont werden, daß Dupek von Anfang an Olalappu geradezu haßte? Nicht daß der Putzmann mir selbst sympathisch wäre. Derlei kann kaum in Frage kommen angesichts seiner Unart, nie zu grüßen, der Anwesenheit kranker Menschen in keiner Weise zu achten und statt dessen während seiner flüchtig ausgeführten Verrichtungen laut zu pfeifen. Dennoch, der Mann hat es nicht leicht, und ich nehme ihm sein Verhalten nicht persönlich.

Anders Dupek. Für ihn, den Fernseh- und Viruskranken, muß der stämmige, seiner Glieder unberaubte und allzeit lebensfrohe Olalappu, wenn er pfeifend durchs Zimmer wischt und den vom Dupekschen Fäulnissaft getränkten Lappen mit starker Hand auswringt, so etwas wie die inkarnierte Ungerechtigkeit darstellen. Zu Beginn, als Dupek noch ein wenig sprechen konnte, japste er öfter Begriffe wie »Putzbimbo!« oder »Afroschrubber!«. Er tat dies immer erst, wenn Olalappu das Zimmer verlassen hatte, denn eine direkte Konfrontation hätte er damals nicht gewagt. Aber in seinem jetzigen Verfallszustand hält er sich für unangreifbar. Und seitdem er durch den Wegfall seines Fernsehrivalen Dr. Schlimm so etwas wie die absolute Lufthoheit in unserem Zimmer erobert hat, dürstet ihn auch nach der Macht über das Bodenterrain. Daß er bei seinen Annexionsplänen ausgerechnet denjenigen als seinen Hauptgegner ausgemacht hat, der für die Erhaltung und Reinlichkeit des Annexionsobjekts zuständig ist, mag für Dupek ein unbeachtlicher Nebenaspekt sein. Bombardieren die Machthaber nicht auch sonst die Städte, nach deren kriegerischem Erwerb sie gelüstet?

So nimmt es nicht wunder, daß Dupek bei seinem Ringen um die Herrschaft nicht allein seine schwachen Exkremente, sondern alles zum Einsatz bringt, wessen er habhaft werden kann. Fernsehzeitschriften, Pillen, Thermometer – nichts, was ihm nicht herunterfiele (die einzige Ausnahme bildet die Fernsehfernbedienung). Mit schöner Regelmäßigkeit knallen Infusionsflaschen, die er mit den Schläuchen herunterzieht, splitternd auf den Boden nieder. Neuerdings nimmt er sogar manche der Eßwaren entgegen, die ihm seine Familie (trotz der Unmöglichkeit eines Verzehrs) aus dem Kiosk mitbringt, und dies nur, um sie auf möglichst schädliche Art über den Boden hin auszubreiten.

Natürlich verhält sich Dupek bei seinen Aktionen stets so, daß ihm eine unmittelbare Absicht schwer nachzuweisen ist. Wenn er einen Gegenstand wie aus Schwäche entgleiten läßt, stöhnt er dabei, als würde er gerade unbetäubt operiert. Als sei er in tiefem Gedankenspiel, dreht er beiläufig Schrauben oder Knöpfe ab, stößt wie zufällig an seinen Nachttisch, zerrt wie im Krampf an den Infusionsschläuchen usw. Kein vernünftiger Mensch, der die tägliche Verschmutzung der Dupekschen Bettzone wahrnimmt, kann ernsthaft behaupten, dergleichen könne auf Zufall oder Absichtslosigkeit beruhen. Wie wollte er etwa erklären, daß sich mehrere Tage hintereinander der Inhalt einer Tüte Reiskörner, die nur von der Dupek-Frau stammen können, über den Boden verstreut fand? Brauchen wir, die mit Infusionen und Plasmamixturen mühsam am Pulsieren Gehaltenen, vielleicht Reiskörner? Und muß man denn als MOI-Kranker seinen widerlichen Schleim platschend aufs Parterre spucken? Ich bin froh, daß ich den so übel zugerichteten Boden nicht mehr zu betreten brauche.
Olalappu ist nicht der rechte Mann, solche frechen, ihm zugedachten Vermächtnisse widerstandslos anzunehmen. Es ist schon mehrmals vorgekommen, daß Dupek auf seine dumpfe, stimmbandlose Art merkwürdig aufgestöhnt hat, wenn sein Widerpart neben ihm stand. Ich weiß nicht, ob der Putzmann ihm dabei mit dem urinhaltigen Putzlappen übers Gesicht gefahren war oder einen Hieb mit dem Schrubberstiel verabreicht hatte. Denn der Reinemacher ist geschickt genug, seine Vergeltungsmaßnahmen stets unbeobachtet durchzuführen. Ist es nicht begreiflich, daß ich inzwischen immer an die Decke sehe, sobald er ins Zimmer tritt?

– Un bei Ihnen? Wie gehtsn heut?
Dieses Mal mußte ich es versuchen. Ich blickte so traurig wie möglich und nickte leicht.
– Achnee, seufzte sie, wennse nur alle so wärn wie Sie!
Ich zuckte lässig mit dem besseren meiner beiden Armstümpfe.
– Nuja nee! Dessa wirklich nich bei alln so, dasse soo ruich sin wie Sie!
Dann beugte sich Schwester Erna über mich und fuhr leiser werdend fort:
– Wies bei manchn andern iss, da könnt ich Ihnen Dinger erzähln –
Sofort nickte ich.
– Ha! lachte sie auf. Nee, dess mach ich lieba nich.
Verlegen lächelnd tastete sie über die neben mir stehenden Apparate, um die Schalter routinemäßig zu überprüfen. Dann, sie war offenbar zu neuen Schlüssen gelangt, drehte sie sich wieder um:
– Wissnsie, ich bin janu auch schon lange genuch auf deehr Station, um zu wissn, wies iss mit den Leutn, die hier sin. Un eins kann ich Ihnen dabei sagn: Ein jeder iss soo, wieher iss. Obber jetz gesund iss oder nich – dess nimmt sich nich viel. Wenner zuhaus schon gemäckert hat, dann mäckerter hier erst recht. Un wenn einer so ruich iss, wie Sies sin, dann warers vorher bestimmt auch schon. Oder vielleicht nich?
Ja, Schwester Erna, ja! erquickte ich sie blicksweise.
– Sehnse! Soo, un jetz machnsema Nmund auf, damit ich Sie messn kann.
Jetzt, dachte ich, jetzt! Und schüttelte den Kopf.
– Wass? Kein Thermometa? Jetz machnse mir aba bloß keine Fisimatenten!
Ich deutete mit dem Kopf in Richtung Beistelltisch, auf dem mein Tagebuch lag.

– Ihr Buch? Isses wehchn Ihrm Buch? Wollnse wieder drin lesn?
Ich schüttelte den Kopf.
– Nich? Wollnse nich mehr drin lesn, in Ihrm Buch? Aba was wollnsen dann, wenns dess Buch ganich iss? Was wollnsen dann?
Unter großen Mühen hob ich den Kopf und deutete auf sie selbst.
– Mich? Janu hörnse mir aber auf! Wass? Sie sinja genauso wie die andern auch!
Ein schadenfrohes Gurgeln ging durch den Raum (elendes Pack!).
– Also nee! Jetz nehmse ersma Ihr Thermometa innen Mund, wie sichs gehört, un dann geb ich Ihnen Ihr Buch, damize reinkukkn können. Dess hat mir doch grad imma an Ihnen so gefalln, daß Sie noch lehsn. Wer tuutn dess heutnoch? Also sehnse, wenn ichs soo hinleg, dann könnses sehn, un wenichstens abunzuma hinkukkn. Un wenn ich oder neandre von den Schwestern kommt, saachen Sies, daß wir dann für Sie umblättern, ne?
Ein solcher Ärger durchquellte mich, daß ich ruckelte wie einst Dr. Schlimm im Kampf um das Fernsehprogramm.
– Gott nee! Was issdenn heut? Dann leg ichs Ihnen lieba wieder auf Ntisch. Aber ums Thermometa kommse mir nich rumm! Mund auf!
War es nicht vorauszusehen? Welcher Fehler, mit der Tagebuchvernichtung so lange zu warten! Nun war das Handicap vollkommen. Ist das denn, so fragte ich mich, blickte nach dem Beistelltisch, dachte an die Müllcontainer und biß angeekelt auf dem verdammten Thermometer herum, ist das denn überhaupt noch befriedigend zu lösen?

Mein Leben im Krankenhaus scheint sich in allem von meinem früheren Leben zu unterscheiden, und dennoch kommt es mir bisweilen vor, als sei es eine bloße Verdichtung desselben. Eine Art Konzentrat, aus dem alle anmutigen Nebensächlichkeiten wie eine Flüssigkeit herausgepreßt wurden. Es waren unzählige Gerüche, Geschmacks- und Seheindrücke, die mich in meinem früheren Leben umspülten und erfrischten. Fehlen sie, beginnt man zu faulen und zu stinken.
Und doch hatte Schwester Erna recht. Es stimmt nicht, daß ein Patient im Krankenhaus zu einem anderen Menschen werde. Im Gegenteil kann sich gerade hier jeder rein und unverfälscht erleben. Natürlich gibt das niemand gern zu. So fest ist der falsche Glaube an das Bild, das man von sich herumträgt, daß die Krankheit als etwas erscheint, was einen entstellt und verdeckt. Dabei ist sie doch bloß eine Bewährungsprobe, ein starkes Licht, das einem die dunkelsten Ecken ausleuchtet.
Die Geschäftigkeiten, mit denen der Alltag einen Gesunden von sich selbst und seiner Situation abzulenken weiß, fehlen hier im Krankenhaus. Zwar gibt es schwache Ansätze, das sogenannte richtige Leben nachzubilden: die Schwestern, die mir einmal wie Mütter und dann wie unerreichbare Geliebte entgegentreten, die Professoren, die mich wie wichtige Vorgesetzte in Schach halten, die Mitpatienten und ihre Besuche, die mich wie durchgedrehte Wohnungsnachbarn drangsalieren. Aber es sind oberflächliche Ähnlichkeiten, die in der Ausführung steckenbleiben.
Mit den Augen stundenlang an die Decke blicken – gibt es eine günstigere Gelegenheit, sich und sein Leben zu begreifen? Das normale Leben eines Gesunden erscheint dann wie eine einzige Flucht vor diesem begreifenden

Blick an die Decke. Aber genau genommen besteht ja alles Begreifen des Blicks nur in der Einsicht, daß das Leben eines Gesunden eine ständige Flucht vor diesem Deckenblick ist. Warum ist dann der Blick an die Decke so schlimm? Vermutlich nur, weil er über das leere Weiß der Decke nicht hinausreicht. Entweder es geht mir gut, oder es geht mir schlecht. Das eine hilft beim anderen nicht.

Tchkrch. Tschck. Krrwrwchwch.
– Hng!
– ... Schieß ihm in den Kopf, Mann! Schieß! Schieß ihm ins Gehirn!
– Aah! Ooh! ...
– Ich –
– Drück ab! Mann! Drück ab!
Pch! Pch!
– Jaa ...!
Der Falsche: Dupek lag unerschossen wälzte sich die Ratte vor Vergnügen über das vor ihm flimmernde –
BLUTBAD, BLUTBAD! schrie's jetzt in mir war es wie konnte ich Monate des Fernsehterrors brachten mir grauenvoll tobte mein Kopf hält's nichts mehr konnte mich in diesem Augenblick verspürte ich eine Kraft, wie ich sie seit noch nie hab ich – BLUTBAD, BLUTBAD! schrie's, und ein Blitz durchfuhr mich konnte jetzt werde ich den Kerl bring ich mit einem Schlag kann ich – BLUTBAD, BLUTBAD! schrie's, und hörte im Fallen, wie der Plasmamixer, der Antidolorator und acht Infusionsflaschen knallten, als wär's eine Tonleiter, hinter mir auf die Erde! Egal! Egal! rief's jetzt lag ich endlich unten wunderte ich mich bloß, daß mein Aufprall hatte mir kaum Schmerzen verursacht? Die Ver-

bände als Fallpolster, freute ich jetzt noch mit einem Ruck die letzten Schläuche wegreißen, und schon wälzte ich mich unter Tschoois Bett durch, als da setzte auch schon ein anerkennendes Stöhnen von allen Seiten her ein: Endlich was los! mochte auch Dupek, die elende Fernsehratte, jetzt noch denken – bis ich an einem der Füße seines Betts so heftig anlandete, daß er fast herunterfiel.
Wie konnte ich, handlos wie ich war, ihn mir greifen? Ich stemmte den Kopf gegen den Bettfuß und drückte – woher hab ich diese Kraft? – mich mit dem Restrumpf langsam hoch! Mein Kinn reichte jetzt konnte ich fast nach dem Fernsehterroristen schnappen, aber der Mistfink hatte sich in feiger Flucht auf die andere Bettseite gewälzt. Du elender Gehirnzerstörer! Ich werde dir muß man für jeden Fernsehtag sollst du – BLUTBAD, BLUTBAD! schrie's mir kamen Tausende von blödsinnigen Filmen, Werbetexten und Nachrichten hatten mich nach all diesen Monaten wie ein rasendes Tier starrte ich ihm in die dumme Kioskfresse! Wimmernd schnippte er mit dem Beinstumpf die Fernbedienung nach mir. Als ob ich nicht damit gerechnet hätte! Geschickt duckte ich mich weg. Splitternd (Jaa!) schlug das verbrecherische Plastikteil auf dem Boden auf!
Nun galt es, den Haupttäter von der Matratze herunterzuschaffen. Langsam, die ungeheure Spannung genießend, holte ich mit dem Kopf aus. Dann, ahnungsvolles Entsetzen erfaßte den Denkballon meines Widersachers, schlug ich die Kiefer prallten mit ungeheurer Wucht durchbohrte ich die Verstöpselung: Ein breiter Wasserstrahl strömte aus der Matratze, und Dupek, du verfluchter Nervenzersäger, gleich hab ich dich, schwebte machtlos nieder. Gespanntes Stöhnen erfüllte den Raum, als der abgesetzte Senderpotentat in Zubeißweite geriet. Schwelgerisch schnalzte

ich mit meiner dicken Schwellzunge über die geblähten Lefzen. Sieben Monate Dauerfernsehen: Der Mann hat mich mehr zugrunde gerichtet als Oberarzt Zahl! Notwehr, ein stinknormaler Fall von Notwehr, fächelte ich mir in kühler Sachlichkeit zu.

Ich wußte, daß Dupeks Verbrechen von der Gesellschaft mit der ihr eigentümlichen Laxheit in Verstandesdingen und also mit unpassender Milde beurteilt würde. Welcher unter den heutigen Richtern, die oftmals selbst Fernsehliebhaber und womöglich ähnliche wie Dupek sind, wäre verständig genug, endlich die sofortige Hinrichtung anzuordnen? Eine Hinrichtung, die gegen den an mir verübten siebenmonatigen Gehirnmord eine Wohltat ist! Also mußte ich selbst werde jetzt holte ich wieder mit dem Kopf, *sein* Tatopfer, *mein* Vollstreckungswerkzeug (seltener Fall einer vollständigen Einheit des Kriminalobjekts mit dem Justizsubjekt), aus. Diesen Kioskknülch zu zerbeißen, bedeutet nichts anderes, als einen Fernseher auszuschalten (so sehr schon hat mich das Scheusal verroht!). Endlich, endlich, den Fernseher ausschalten! Mein Kopf hatte inzwischen die Ausgangsposition erreicht. MOI-KRANKER ZERBISS TV-VERBRECHER! Es sollte beim ersten Hieb muß es würden die zahnlosen Kiefer denn ich hatte nur die Kraft für ein einziges Mal noch alles geben und die Nackenmuskeln anspannen, um jetzt – JETZT! – würde ich gleich ist's soweit wie möglich den Kopf noch zurückbeugen, um die Spannkraft aufs äußerste konzentrieren und dann – DANN! DANN! –:

– Soo, die Härrn! Jaa, jaas iss wieda so weit!
Was? Wie? Mich als Spring-aus-dem-Bett über den Boden zum Dupekschen Nistplatz rollen? Weiß man, was das bedeutet – 200 GqF? Aufgeplatzt wäre ich wie eine Floroxalflasche! Wie ein geborstener Hydrolinbeutel läge ich jetzt auf dem Fußboden, und der einzige, der die Sache noch bereinigen könnte, wäre Olalappu, unser indischer Putzmann. Wie? Auf den Boden fallen bei 200 GqF und zahnlos in ein Wasserbett beißen? Diese Wasserbetten könnte man nicht einmal mit einem Messer aufstechen, sie sind unverwüstlich! Es gibt keine Rettung für mich. Dupek ist unerreichbar, der Fernsehmord an mir bleibt ungesühnt.
Ich habe oft genug versucht, dem Krankenpersonal eine der Hauptursachen meines Leidens begreiflich zu machen. Wie aber soll ich als einzelner gegen eine der mächtigsten Geistesströmungen der Zeit ankommen?
– Der Fernsäa? Ach! Ja aber also da kann ich aber auch nix also da müssnse sich halt irchendwie demokratisch drüber einich wern, wasse da jetz kukkn wolln oder nich, ne?
Demokratisch drüber einich wern: Ich habe mir nie Illusionen gemacht über das, was Demokratie heißt. Was anderes ist die Demokratie als ein genialer Trick zur Verhinderung von Aufständen? Die Behauptung, die Herrschaft über ein Volk könne von ihm selbst ausgehen, ist tollkühn genug. Aber seine beste Wirkung tut der Trick damit, daß er zugleich jedermann glauben macht, das die Herrschaft innehabende Volk sei über komplizierte, aber vorhandene Umwege in (ziemlich) gewisser Weise – man selbst. Ich bin nie dahinter gekommen, wie die Sache funktioniert. Hüten die Menschen einen solchen Schatz an Phantasie und Einbildungskraft, um durch begriffliche Regenbögen wie »Repräsentation« und »Stellvertretung« so klar hindurchzublicken, daß sie in jedem Staatsvertreter ihr höheres Ich

erkennen? Mit meinem unmythologischen Kopf bin ich jedenfalls immer zu einer völlig anderen Rechenweise gelangt: Wenn ich einer bin und die anderen 400 Millionen sind, so berechnet sich, die Gleichheit aller Beteiligten vorausgesetzt, der Wert meines Volksanteils gemäß der vierten Grundrechnungsart, also mittels einfacher Division des Teils durch das Ganze. Herauskommt eine Null mit neun Nullen hinter dem Komma. Viel ist das nicht gerade, und der Gedanke einer Identität des Volkes mit der eigenen Person erscheint von daher als etwas mehr Beiläufiges. Um so bewundernswerter die Wirkkraft der demokratischen Idee, die jenem traurigen Rechenergebnis auf höhere Weise wohltuend entgegenwirkt, indem sie, vom machtlosen einzelnen ausgehend, über das souveräne Ganze zum mächtigen einzelnen, nämlich den Regierenden gelangt. So kehrt der Teil über das Ganze zum Teil zurück, und, obwohl nur einzelne regieren, regieren doch alle. Ein genialer Schachzug zur Erreichung gesellschaftlicher Stabilität: Denn wer schon möchte sich selbst stürzen?

Jener Trick zur Verhinderung von Aufständen hat also auf mich noch nie eine rechte Wirkung getan, und wenn ich bisher trotzdem von einem Aufstand abgesehen habe, dann allein wegen seiner völligen Aussichtslosigkeit. Denn so sehr ich von meiner Nichtidentität mit dem Volk überzeugt bin, so sehr bin ich von dessen Durchsetzungskraft und brutaler Machtfülle beeindruckt. Die Diktatur ist die Herrschaft eines einzelnen über alle, die Demokratie ist die Herrschaft aller über jeden einzelnen. Herrschaft ist Herrschaft, und jener raffinierte Winkelzug, mit dem man mir einreden will, die rücksichtslose Fremdherrschaft, der ich in diesem Krankenzimmer ausgesetzt bin, sei in Wirklichkeit eine Selbstherrschaft, weil ich an einer Abstimmung habe teilnehmen dürfen, in der ich unterlegen bin – unterliegen mußte! –, kann mir gestohlen bleiben.

DREI

– Stellen Sie sich eine bequeme Couch vor, über der Sie lässig lümmeln. Ein Glas besten Weins steht auf dem Tisch.
– Ach? Etwa ein »Würzburger Stein«?
– Ja. Sie nippen, süffeln, nehmen sich hin und wieder von den Riesengarnelen. Ihre Frau kommt herein.
– Meine – ?
– Die mit den langen blonden Haaren, die sie für Sie immer so hochsteckt, Sie wissen doch ...
– Ich –
– Sie liebt Sie abgöttisch! Sie wundern sich selbst oft, zumal sie eine Schönheit ist, wie sie nur selten – ja, ja ... und trägt eine Bluse mit schmalen Trägern, unter der –
– Sich abzeichnet? Oh, ja, das wäre –
– Nicht wahr? Sie küßt Sie, mahnt ihre Sie liebenden Kinder –
– Kinder?
– Ja, ja, und bietet Ihnen die besten Häppchen an, Konfekt ... Und ihre Freunde –
– Freunde?
– Die besten! Einer sitzt am Flügel. Bach-Partiten! Ein anderer spielt Violine. Eine hervorragende Sängerin, übrigens auch sehr schön, lacht Ihnen zu. Man plaudert. Die Vergangenheit, die Zukunft. Ihre Talente, Ihre Erfolge ...
– Talente? Erfolge?
– Ja. Bilder werden vorgelegt. Ein Dürer. Ein Cézanne ...
– Dürer? Cézanne? Bei mir? Ich meine, es wäre schön. Anderseits, es geschieht selten, daß ... –
– Selten, ja, ja! Aber es geschieht. Es geschieht! Sie fachsimpeln: die Farben, die Linienführung, das Alte, die Moderne – sprühende Diskussionen, erregend und doch

immer taktvoll. Sie sprechen über Literatur: Erzählungen, Romane ... Ihre Romane!
– Meine –?
– Ja, ja. Sie wissen, wie sehr Ihre Freunde Sie deswegen verehren! Man vergleicht Sie mit Goethe, Joyce ...
– Oh!
– Und nicht zu Unrecht! Denken Sie an Ihre Talente! Natürlich wehren Sie bescheiden ab ...
– O ja, das kann ich mir denken. Es wäre typisch –
– Man spricht von Reisen: Paris, Rom, Venedig ...
– Nein, nicht Venedig. Aber zum Beispiel ... vielleicht daß ich ... weil Sie sagen ... die Familie, die Freunde – wir könnten etwa zusammen nach Südfrankreich ...
– Eine hervorragende Idee!
– Man könnte ... wir müßten natürlich erst noch genau planen ... aber zum Beispiel – ich habe schon immer einmal ... irgendwo im Languedoc ... und im Grunde muß man es wirklich mit Freunden machen. Ein Landhaus! Im Sommer ...
– Ein herrlicher Abend! Die Luft, das Meer, Zikaden ...
– Oh! Ja, ja! Wir könnten zusammensitzen ... etwas Gutes kochen ... Lamm! Ein herrlicher Lammbraten mit allem, was die provenzalische Küche zu bieten hat: Kräuter ... frisches Gemüse ... Obst ... ein guter Rotwein ...
– Der beste!
– ... ja, ja, wir könnten musizieren und bei Kerzenlicht die erregten Diskussionen fortsetzen, die –
– Ja! Herrlich! Herrlich! Sie sitzen zusammen, die Zikaden, der Wein, man spricht von Freundschaft ... Ihrer Beliebtheit ... von Ihren Plänen ...
– Ja, ja, ich habe im Grunde habe ich mir immer gewünscht, daß wir so zusammensitzen, in einem solchen Rahmen mit Freunden, wirklichen Freunden und einer

schönen Frau, mit der ich – och, ich, wenn ich mitten in einer solchen Natur könnte ich vor Glück – also das Essen, die Gespräche, der Wein, die Zikaden, das ist für mich so eine Atmosphäre, die mich in einen so herrlichen Rausch versetzen kann, daß ich weiß gar nicht, wie ich könnte vor Glück –

– Ja. Gut. So. Nun – auf alles dies müssen Sie verzichten.

– Wie? Aber ich –

– Ja. Sie haben dieses Virus bekommen. Als ob Sie es nicht wüßten! Man hat Ihnen längst die Glieder weggeschnitten. Es ist das letzte Stadium. Sie hängen an acht Schläuchen, die Maschinen – bedanken Sie sich bei den Ärzten, daß man Sie so lange durchgebracht hat!

– Aber ich –

– Ja?

– Ich –

– Was? Was denn noch?

– Ich, ich – nichts ...

Ich versinke immer tiefer in meinen Erfindungen. Was weiß ich noch von dem, was um mich geschieht? Immer häufiger wache ich an Nachmittagen auf, von deren zugehörigen Vormittagen ich nicht die Erinnerung wird mir überhaupt immer mehr zu etwas ist sie denn? Ein bloßes Denken, das seinen Stoff aus sich selbst nimmt, und der Unterschied zum Wahn ist kaum größer als der zwischen einem Haus- und einem Wildschwein besteht zwar stammt das Material aus Erfahrung, aber die Kombinationsmöglichkeiten nehmen mir mit ihrem Temperament wühlen die Ärzte den Schwestern als Priester in aufgeknöpften Blusen oder betende Freundinnen, die als Kiosk-

verkäufer mit blutigen Skalpellen oder armlose Sozialarbeiter drohen mir hat sogar neulich einer der Bankangestellten würgte mich, während der andere mich küßte und ich bin seine Freundin rief!
Als handle sich's um ein Aquarium, schwimmen mir die Bilder wie grüne Froschlurche durchs Gehirn – völlig unkontrolliert, und als ob der Körper und die Welt mich aus meinem Versteck reißen und vernichten wollte ich zum Beispiel im Zustand des Schmerzes an etwas Schönes denken, würde ich es nicht schaffen. Das Schlimmste an diesem Schmutz ist, wie er sich in mich hineinmischt und damit die Reinheit des Denkens verdreckt. Und dann wieder die zwanghafte Vorstellung, mein Gehirn schwebe ruhig denkend in irgendeiner behaglichen Flüssigkeit. Vom Körper abgetrennt. Für alle Ewigkeit. Natürlich wäre das die Hölle. Und zugleich die einzige Möglichkeit, wie ich mir den Himmel vorstellen kann. Das eine und das andere zugleich, also ganz wie das Leben selbst, und dies ist das Schlimmste daran.
Gibt es kein anderes Dasein? Eines, das ich mir vorstellen kann, ohne daran zu verzweifeln? Einen reinen Äther des Glücks, einen makellosen Zustand, in dem alles ICH ist? Immer werde ich an einem solchen Wunsch festhalten, und doch weiß ich, daß dieses Verlangen der eigentliche Grund meines tödlichen Zustands ist.

– Mensch, hör auf, an den Knöpfn rumzuspieln!
– Was denn? Ich muß doch die O zwei-Triolyse neu einstelln.
– Quatsch! Wir solln bloß die Neoglubinwerte messn!
Noch bevor ich die Augen geöffnet hatte, wußte ich es:

Sie hatten wieder irgendwelche Studenten auf mich angesetzt.
– Hallo! rief jemand. Hörn Sie mich?
Erst wollte ich den Kopf schütteln. Doch dann begriff ich, daß ich es anders machen mußte. Ich riß die Augen weit auf und stöhnte, so gut es ging.
– Siehste! Jetz hattern Apoplexus!
– Ach was! Dess kann doch nich vom Gerät kommn!
– Solln wir nich liebern Assistenten holn?
Es war eine Studentin dabei! Ich senkte die Augenlider und räusperte mich leicht. Dann tat ich, als ob ich wieder schliefe.
– Siehste, swar ga nix!
– Trotzdem darfste nich einfach an den Knöpfn rummachn!
Im Gegenlicht des fahlen Neons maß ich ihre Silhouette. Sie trug, wie alle Medizinstudentinnen, eine weiße Schürze, die ihr bis zum Knie reichte.
– Ich versuchs nochma mit dehmda.
– Nee, dess doch der für die Labolindiffussion!
Es gibt, was die Merkmale weiblicher Prägung angeht, keine Rangfolge im eigentlichen Sinne. Vielmehr handelt es sich, wie ich durch häufiges Überlegen herausgefunden habe, um eine Art Gesamtidee, eine Globalvision, die zwar an manchen Frauen und an manchen ihrer Teile und Stellen mit besonderer Wirksamkeit hervortritt, die aber stets auf Ganzheit und, wie man sagen kann, auf die Totalität der Erscheinung angelegt ist. Niemand würde beim Anblick abgeschnittener Brüste, womöglich auf den Küchentisch gelegt, das empfinden, was das original Weibliche ausmacht. Abgeschnittene Brüste, und seien sie noch so groß, sind weder weiblich noch männlich. Sie sind im Grunde gar nichts, wie überhaupt Einzelteile als solche nichts sind.

– Un da, was stehtn da drauf?
– Dess Lateinisch!
Und dennoch sind es immer wieder einzelne Gesichtspunkte, eine Stimme, eine Hand, ja selbst ein Ohr, die mich in einen Zustand der Ganzheit und der Totalität versetzen können. Ich neigte unauffällig den Kopf, um besser auf ihr Knie schielen zu können. Sie trug eine weiße Strumpfhose. Ihre unbehaarten Waden kamen dadurch noch vorteilhafter zur Geltung.
– Quatsch! Dess Französisch un heißt, dassmer erstn Ventiltscheck machn müssn!
– Mensch, du siehst doch selbst, dasses Lämpchen erloschn iss!
– Dessa aber vielleicht auch bloß, weil wirn Plasmamixer auf Abfusionsautomatik umgeschaltet hamm!
Man muß von der Jugend nicht mehr verlangen, als sie leisten kann. Aber hier! Hier, an ihren zarten Füßen, von weißen Clogs halb verdeckt, zeigt sich eine Anmut, wie ich sie geht dann übrigens in die sanften Linien der unverhüllten Waden über dem Knie sah ich sogar –
– Gut, dann probier ichs jetz einfach ma mit dehmda ...
– Ja, drehma!
Drehma? Welchen Schalter hatten diese Studentenlümmel waren im Begriff »Drehma« steckt ja schon kreisten mir wurde längst sah ich vorher abgerissene Bilder – danach, wie woanders, glaubte ich auf einmal tauchte der zunächst unwahrscheinliche Gedanke, daß sie, die Studentin, mir über die Nase tastet, wurde mir, je mehr ich überlegte, zur Gewißheit: Ja, wünschte ich mir war jetzt sogar, als ob sie gefühlvoll daran riebe! Nie war ich glücklicher über die Länge dieses Gesichtsstück galt mir ja bisher dachte ich nämlich, es sei zu groß, zu breit, zu lang – aber nun ...

– Tjaha …, triumphierte ich vor mich hin, … Organ ist Organ.
Vermutlich hatte sie ihre Kommilitonen unter einem Vorwand hinausgeschickt. Das Gluckern der Wasserbetten zeigte es mir an: Dupek, Tschooi, die Bankangestellten – alle hatten sich, um besser zu sehen, zu mir umgedreht.
– Tjaha …!
Die Studentin faßte mich und legte mich in Position. Dann flüsterte sie mir allerlei Schmeicheleien ins Ohr. Erst tat ich so, als sei ich überrascht. Aber im Grunde habe ich immer um die besondere Anziehungskraft von uns MOI-Kranken gewußt: die Kahlheit meines Schädels, das Kompakte meines Körpers, alle überschüssigen Gliedmaßen entfernt, ohne Ziererei auf das Wesentliche konzentriert – es ist etwas Besonderes! Und was, so frage ich, ist die Schönheit, die echte, meine ich, die wahre, wenn nicht gerade das Besondere? Das Besondere und das Außergewöhnliche! Ich lächelte ihr zu. Ohne Sorge um meine Zahnlosigkeit. Denn jene Art von Schönheit, wie sie in Filmen und auf Zahnpastatuben genausooft wie unerreichbar angeboten wird, ist nichts gegen das, was sie aber stoppte meine Gedankenflut, indem sie mich auf die Backe küßte …
– O duu …, hielt sie meinen Kopf und pinselte mir mit ihrer Zunge über die Nase.
– Oh!
Gutes, warmes Blut strömte unter seinem Andrang schwoll, so fand ich, die Nase wuchs mir wirklich derart über sich hinaus, daß sie längst alle auf das unverhüllte Stück neidisch glotzten, hörte ich an dem knarrenden Matratzengluckern: Elendes Voyeurpack! Ich hob kurz den Schädel und zeigte den Zimmergenossen durch ein Mundgeräusch meine Verachtung an. Dann wandte ich mich der Schürze zu.

– Oh!
– Ja?
Ich nickte. Ihre Hände glitten darunter und zogen – für mich! für mich! – die Strumpfhose aus. Allein der Gedanke, wie jetzt – machte mich fast verrückt. Ich schloß die Augen und spürte, daß sie gleich einer heiligen Opfergabe legte sie die Strumpfhose neben mich. Der weibliche Geruch raubte mir fast aber schon hatte sie sich über mich gebeugt, und ich sah, daß sie zwei der oberen Schürzenknöpfe gelöst hatte. Ich – oh! Die Silhouette, die ich vorhin im Gegenlicht – sie hatte nicht getäuscht! Und dabei verbarg sich das meiste noch war gar nicht klar wie – da!! Da!! Kurz hatte ich etwas Dunkles gesehen, aber sie war schon so dicht über mir, daß ich sie berührte mich damit und streichelte über – meine Nase!
Endlich also wieder auch ich spürte, wie das Blut mir ins Gesicht schoß. Nicht aus Scham. Aus Erregung! Sie hatte sich über mich gebeugt: Aus der halb geöffneten Schürze heraus strich es mit unbeschreiblicher Lieblichkeit meine Nase auf und ab! Und ich – ich! – wurde schier wahnsinnig! O du herrlichstes Organ! Erst als ich vor maßlosem Entzücken gurgelnde Laute ausstieß, ließ sie von mir ab. Noch lag ich aufgewühlt mit geschlossenen Augen danieder. Dann fuhr ich blitzschnell mit dem Kopf nach rechts: Dupek, Tschooi, die Bankangestellten – fassungslos starrten sie zu mir herüber! Tjaha, tjaha! Elende Fernsehbrut!
Inzwischen hatte die Studentin eine Dose geöffnet, aus der sie eine Gleitpaste nahm, die sie mir zärtlich über die noch glühende Nase strich. O du Himmlische! Ich war so erregt, daß ich sie bat, sich zu beeilen. Sie rückte einen Hocker an mein Bett, um – Stille kam plötzlich über den Raum, und ich wußte, daß den anderen, mehr noch als mir,

der Atem stockte. Alle Glieder hatten sie mir abgeschnitten, und noch nie hat jemand in so aussichtsloser Lage, mag man denken, wie der meinen Sie, ich könnte nicht – für einen empfindsamen Menschen mit Intelligenz gibt es keine aussichtslose Lage! Es gibt immer eine Hoffnung, einen Weg... Der Weg des Geistes ist der Umweg. Und hier nun gar: der Umweg über die höchste Erhebung meines eigentlichsten Zeugungsgliedes, des Kopfes! Ein unendlich tiefes Glücksgefühl strömte mir über die aufgequollenen Wangen, und ich wußte, daß niemand jemals berauschter und glutvoller als sich – oh! jetzt! oh! – plötzlich etwas Weiches über mein Gesicht stülpte!

Zuerst war es die labende Kühle, die ich dankbar wahrnahm. Auch wenn ich es (aus begreiflichen Gründen) jetzt nicht sehen konnte – ich vergötterte dieses herrliche Etwas über mir, bevor es – waren's Haare? – bitzelte mir jedenfalls höllisch in der Nase, und ich kam, teuflischer Rhythmus, bald mit meinen Kopfbewegungen nicht mehr daran denken, an die fremden Haare! Donna e mobile, es ist ihr jugendlicher Schwung, man muß es genießen, sagte ich mir. Aber dann das saugende Geräusch, ihr Gewicht und grobe Nasenstöße, daß ich – Gott! – welche Heftigkeit! Natürlich, um die Erfüllung fehlerlos anzuzeigen, mußte ich irgendwann drei-, viermal schneuzen, aber mein Vorsatz, diesen Höhepunkt so weit wie möglich hinauszuzögern, konnte unter diesen Umständen war es einfach noch durchhalten, dachte ich, aber der stechende Geruch, ihr verzückter Rüttelzyklus und irgend etwas blies mir ins – was macht sie? Ich kriege keine Luft! Alles, was recht ist sie verrückt? Ich schneuzte, was die schwachen Schleimhäute hergaben. Wie kann sie's so weit treiben, daß ich begriff nicht, warum sie – aufhören!! Aufhören!! kam's mir ohne Kehlkopf aus der Speiseröhre erfaßte

mich schließlich ein grauenvolles Würgen, denn ich – hörte fremde Stimmen:
– Siehste, hab ichs nich gesacht?
– Mensch, wenn dess rauskommt, kriechn wirs Nachphysikum aberkannt!

Wer wo weil ich denn es dauerte einige Zeit bis jetzt erst verstand ich, daß sie haben am falschen Schalter – und mich durch Ausnutzung männlichen Ideenreichtums auf die falsche Fährte und um die Realität gebracht ...
UM ... GEBRACHT? SIE HABEN DICH UMGEBRACHT!
Von wegen Studentin! Das glitschige Zeug auf meinem Gesicht, der scharfe Geruch, der davon ausging – sie machten gerade: meine Totenmaske! Sie hatten mich mit ihren Messungen umgebracht und nahmen jetzt zu wissenschaftlichen Forschungszwecken, aus Übungsgründen, als Souvenir oder was weiß ich – meine Totenmaske!
Ich versuchte, den Kram abzuschütteln. Aber sie hatten mich fest im Griff. Warum halten die mir graute vor dem Gedanken, jetzt auch noch aus Versehen erstickt zu was studieren die merken sie nicht, daß ich mich noch bewege? Scheintot! Scheintot! versuchte ich diesen bestialischen Anfängern mußte man auf irgendwelche Weise kann ich – Gott! – ersticke gleich!
– Du mußt die Maske fester draufhaltn!
– Soo?
– Nee, fester noch! Da darf kein Zwischenraum mehr sein!
Kein Zwischenraum? Sind die wahnsinnig? Das ist Mord! Der Eid des Hippokrates! Ich bin nicht tot! Mörderpack! Mörderpack! schrie ich klanglos durch die Totenmaske.

Denn endlich begriff ich ihre Absicht war es konnte kaum noch zweifellos bringen sie brauchen es für die Prüfung: Virushirn! Sie zersägen den Schädel, um wegen irgendwelcher Examina erdrosseln sie wollen mein ermordetes Gehirn zerschneiden, um daraus ein benotetes Präparat in stinkender Flüssigkeit wird es jahrelang mit der Aufschrift »Mein Nachphysikum« bei einem meiner Mörder auf dem Regal stehen! Da, sieh das Virushirn – ich hab es selbst umgebracht und das beste Präparat des Semesters daraus gemacht!

Eine unbeschreibliche Wut kam in mir mischte sich tiefste Abscheu mit der Fassungslosigkeit über den gefühllosen Ehrgeiz einer neuen Studentengeneration, die, nachdem sie haben sie noch nicht genug mit zwei Armen, Beinen, der Kehlkopf, die Zähne, die Haare, das Geschlechtsteil – alles entfernt und in Operationstüten gesteckt? Welcher Tod! Verzweifelt nahm ich den aussichtslosen Kampf um mein Gehirn auf: Ich schüttelte den Kopf und stemmte, bar aller Hilfsmittel, den Restrumpf hoch ...

– So! Gut. Ich glaub, jetz kannstese wechtun ...

Endlich! Endlich, wohl in letzter Ahnung um die Ruchlosigkeit ihres Verbrechens, hoben sie mir die mörderische Totenmaske vom Gesicht.

– Hallo! grinste mir würdelos ein Assistentengesicht entgegen. Geht's?

In der Hand hielt er – eine Sauerstoffmaske?

– Sie hamm nur kurzes Bewußtsein verloorn, bei der Neoglubinmessung. Dess völlich normal!

Drei Studentenköpfe, die sich über mich gebeugt hatten, nickten wie zur Bestätigung.

– Dess wehchn der Oxymalwerte! Die können bei der Neoglubinmessung ma kurzfristich falln ..., führte, wohl um sich vor dem Assistenten hervorzutun, einer der Studenten aus, ein Kerl mit schwarzen Haaren, so dicht, daß sie ohne weiteres als Mütze gelten konnten (ich denke das nicht, weil ich selbst keine Haare mehr habe. Es ist mir völlig egal, ob ich Haare habe). Oxymalwerte! Es war von jeher ihr Trick, mir mit ihrem Kauderwelsch jedes Gegenargument abzuschneiden. In Wirklichkeit hatten sie den falschen Knopf –

– Swird gleich wieder besser, ne?

Das war die Studentin. Ich zuckte zusammen. Ein Fischgesicht, kaum besser als das meine! Eine Person ohne jeglichen Liebreiz, die mich mit dem geringen Aufwand ihrer Anwesenheit zum Opfer einer sehnsüchtigen Phantasie im Zusammenspiel mit also ihr verdankte ich fühlte mich wie ekelte mir um meine Nase!

– Die Schwester kommt gleich, un dann kriechnsene Deoluzin-Einreibung ...

Un dann kriechnsene Deoluzin-Einreibung ...! Wie kann man Todkranke diesen sogenannten Studenten unbeaufsichtigt überlassen? Eine unverantwortliche Entscheidung zugunsten der Lehre! Ich schloß die Augen und dachte nach, ob es richtig war, überlebt zu haben. Ja! Ja! entschied ich. Ich will sterben, weil ich es muß. Ich will sterben – aber nicht so! Ich will den MOI-Tod, den Tod im P-Raum!

230 GqF! Es ist also bald soweit ...

Und wenn schon, denke ich mir. Und weiß, daß es nicht ganz richtig ist. Das Leben ist entsetzlich. Aber das Totsein ist auch entsetzlich. Und das eben ist das Entsetzlichste von allem, daß *beides* entsetzlich ist.

Die Idee, heißt es, ist der einzige Weg zu einer besseren Welt. Aber diese Welt der Idee und des Träumens ist eine schwache Welt, deren Bewohner sich unentwegt durchprügeln und verlachen lassen müssen. Kaum streichelt mich die Zunge meiner Liebsten, stellt sie sich als Gummistöpsel eines Plasmamixers heraus. Die Zuneigung einer Medizinstudentin – eine Sauerstoffmaske! Und sobald ich die Preisrede eines berühmten Staatspräsidenten vernehme, der mir den höchsten ausländischen Orden verleihen will, erkenne ich unseren indischen Putzmann, der die Pißlache unter dem Nachbarbett verflucht...

Manchmal denke ich, daß mir die Freiheit des Denkens nur zur Hervorhebung meiner vollkommenen Machtlosigkeit gegeben ist. Ein Tier, und sei es noch so schwach, braucht sich nie machtlos zu fühlen, da es zu vernünftig ist, um darüber nachzudenken, was sein könnte, wenn nicht das wäre, was tatsächlich ist. Erst das Wissen um die Möglichkeit eines Wohlbefindens verursacht mir den eigentlichen Schmerz. Erst die Vorstellung ihres möglichen Andersseins offenbart mir den grauenvollen Wahnwitz der Wirklichkeit. Was ist das für ein infames Spiel, in dem ein Blinder sehend gemacht wird, damit er die Aussichtslosigkeit seiner Lage besser erkennen kann?

Sobald ich vor Entsetzen über meinen jammervollen Zustand die Augen schließen will, drückt mir jemand den Hals, schüttelt mich und zeigt mir das herrliche Land eines erfüllten Daseins, so herrlich wie es nur die allerhöchste Idee hervorzubringen imstande ist. Mit einer Sprungkraft, wie sie nur das Denken kann sich ja aus dem tiefsten Schlamm in eine lichterfüllte Höhe so rasch hinaufschleudern, daß es, bevor sich meine Augen an einer der wunderbaren Einzelheiten ausruhen konnten, mit der Schwerkraft den ganzen weiten Weg wieder in den dunklen Schlamm hinabgeht, muß ich wohl nicht weiter sagen. Ist denn mein Denken bloß das Licht, um die

Farbe des Drecks zu erkennen, in den ich hineingesteckt wurde?
Gibt es ein Mittel, mich der Niedertracht zu erwehren? Ich bin unbesiegbar, sagt mir überall die Wirklichkeit, denn du bist bloß ein Teil von mir. Gut, will ich antworten, aber es ist ein läppischer Sieg, weil du ihn über dich selbst, nicht über mich erringst. Wäre es anders, könnte ich kein Teil von dir sein. Bin ich aber kein Teil von dir, so kannst du mich nicht besiegen, denn deine Kraft reicht über dich selbst nicht hinaus: Ich werde deine Einflüsterungen genauso mißachten, wie du mich mißachtest. Deine Einflüsterungen, die mir weismachen wollen, dieser elende Fleischballen sei *ich* und diese ganze demnächst in einem P-Raum endende Farce sei *mein* Leben.
Leicht gefundener Gegenbeweis: Wäre diese groteske Agglomeration von Fleisch- und Fettzellen *ich*, müßte es dieses Ich in verschiedenen Teilstücken geben, denn die Zellsammlung wurde im Operationssaal mehrmals aufgeteilt und die Stücke in Tüten gesteckt. Wer glaubt, der groteske Krankenhausschwank und das alberne Schlachtfest seien wirklich *mein* Leben, hat keine Ahnung vom Sinn besitzanzeigender Fürwörter. Ist denn ein Dachziegel, nur weil er mich zufällig erschlägt, *mein* Dachziegel? Also! Es ist dies nicht *mein* Leben. Und *ich* mag alles mögliche sein, nicht aber dieser Fleischballen.
Was wäre das für ein drolliges *Ich*, das man mal eben mit einem Virus impfen, in kleine Stücke zerhacken, aufblasen und anschließend wie einen Knallbonbon zerplatzen lassen kann? Der Glaube an den Körper ist eine elende Schwachheit, eine Folge übergroßen Geltungsdrangs, eine Folge, die so recht übel erst aufstößt, wenn er zerschnippelt und verseucht auf dem Wasserbett einer Universitätsklinik liegt. Ich lehne es ab, mich diesem schädlichen

Mißbrauch, der mit Personalpronomina getrieben wird, anzuschließen. Cogito ergo sum: Ich denke, also *bin* ich. Und nicht: also bin *ich*. Ich bin ein Verbum, eine Tätigkeit, ein Ereignis, ein Phänomen, ein Mysterium. Kein verschnippelter Fleischballen!

– Dessaja aber auchn Ding! Ne?
MITTEN IN GÖTTINGEN: FRAU RISS MANN PENIS AB!
Schwester Erna blickte entsetzt auf die Titelseite von Tschoois Zeitung (der einzige unter uns, der noch eine halten kann) und legte ihre Position näher dar:
– Ich meins, gibt ja manchmal immern Grund für irchendwas, ne? Aber *dess* mussja dann vielleicht doch nich sein, ne?
Die Bankangestellten nickten beifällig.
– Vielleicht hatter ihr ja vorher was gemacht oder so. Aber dafür gibts doch die Polizei! Nee, alsos gibt doch immer nochne andre Möchlichkeit, als dassma dess kammanem Mann doch nich antuun! Ne?
Tschooi schluchzte auf. Bei ihm wird es nicht einmal in der Zeitung stehen. Schwester Erna begriff und streichelte ihm über den längst enthaarten Kopf:
– Nee, soo dürfn Sie dess aber nich sehn! Bei Ihnen isses dochne Oparatioon!
Aber Tschooi schluchzte nur noch lauter. Sie streichelte ihm über den aufgedunsenen Arm. Es war ein heftiger Heulkrampf, wie er ihn übrigens jeden Tag bekommt. Er klammerte sich an ihre Hände und schob sie dann langsam an sich herunter... Teufel, Teufel! Natürlich drehten wir uns alle, um besser sehen zu können.
– Oh ... ich ... oh ... ich hol Ihnen liebers Deoluzin, ne?

Was uns MOI-Kranken hier am dringendsten fehlt, ist die Überzeugung, daß die Umstände, in denen wir uns befinden, normal sind. Wenn es nur gelänge, das Abschnipseln der Glieder als einen ordnungsgemäßen Entwicklungsprozeß zu begreifen. Es ist ja bloß das Unübliche und Irreguläre der Situation, das mich auf die Palme bringt. Das herkömmliche Altern und Sterben ist schließlich auch eine Katastrophe, wenn auch eine langsamere, aber man kann sich leichter in sie einfinden, weil sie so regulär auftritt.
Meine Glieder – was mögen sie mit ihnen gemacht haben? Zerkleinert? Verbrannt? In ihrem jetzigen Zustand würde ich sie gewiß nicht wiedererkennen. Aber sie hatten sich mir ohnehin schon sehr entfremdet. Es war von Anfang an ein Irrtum zu glauben, sie gehörten mir. Ich hatte ja nie einen ernsthaften Einfluß auf sie, auch wenn ich sie nach den verschiedensten Richtungen bewegen konnte. Etwas so Elementares wie ihr Wachsen und Aussehen war zum Beispiel eine Sache, auf die ich nie richtig einwirken konnte. Jetzt, wo sie ohne mich verschwunden sind, begreife ich, daß unser Verhältnis ein sehr oberflächliches war. Eine lose Art von Föderation, aber doch jedenfalls keine zuverlässige Bundesgemeinschaft, die –
– Sin *Sie* dess, ders Deoluzin kriechen – Gott, nee, soowas!
Schwester Erna hatte eine Kollegin geschickt. Tschooi, als ob er lesen würde, hielt auch *ihr* seine Zeitung entgegen (ist der Schlingel raffinierter, als ich dachte?).
– In Göttingn … nee! Mei Schwester lebt doch da!
Tschooi, eigentlich wollte er gerade in Tränen ausbrechen, zögerte. Die Krankenschwester hatte ihm die Zeitung aus der Hand gerissen.
– Ach … nee … Gott! schüttelte sie beim Lesen den Kopf, und wir alle starrten sie an. Soowas … nee … dass soowas

überhaupt gibt! Dess hab ich ja noch nie gehöört! Beim Faahradfaahn!
Endlich schluchzte Tschooi los, aber der Zeitpunkt war ein ungünstiger.
– Ach du lieber Gott! Glaubm Sien dess immer, was dieda schreibm? Die übertreibm! Ich lees die deswegn oft schon ganich mehr! Un außerdem steht drin, dasses nachher wieder angenäht hamm!
Jetzt erst brach es mit voller Macht aus Tschooi heraus, aber die Schwester, bar jeder Zartheit des Gefühls, verteilte, nicht begreifend, ungerührt das Deoluzin.
– Einmal soll sogar dringestandn hamm mitm Bild, dassn Hund, ich glaub, swar sogarn Dackl, ders gewesn sein soll, un der is vom dreizehntn Stock soll der runtergefalln sein, hat drin gestandn. Ndackl! Vom dreizehntn Stock! Abers Schönste warja, dassem ganix passiert sein soll! Un dann, ich hab mir gleich gedacht, dasses sowas ganich gibt, dann hat sich nämlich rausgestellt, daß der Besitzer von dem Dackl ...

Gibt es eine merkwürdigere Jahreszeit als die weihnachtliche?
Seit Wochen steht dieses Plastikgestrüpp in unserem Zimmer und blinkt wie eine durchgedrehte Verkehrsampel. Die Dupek-Frau hat es eines Tages angeschleppt. Der Clou daran ist, daß man die elektrische Apparatur durch Händeklatschen ein- und ausschalten kann. Freilich kommt diese Erfindung für Dupek zu spät, da er nur noch eine Hand hat. So ist es also die Nachtschwester, die zur Erleichterung unseres Schlafes des Abends per Händeschlag über das Blinkmonster gebietet. Übrigens scheint ihr dies Ver-

gnügen zu bereiten, was mich nun wenig wundert, denn das Entzücken an einem Befehlen, welches, keiner Worte bedürftig, das Erwünschte schon im Moment der Zeichengabe herzustellen weiß, liegt ganz in der Natur unseres Nachtdrachens. Und es ist kein Geringes, über was hier befehligt werden kann: Hunderte kleiner Lämpchen stehen allzeit bereit, in wechselnden Mustern und mit unterschiedlichen Rhythmen die Worte »WEIHNACHTEN« und »CHRISTMAS« periodisch aufstrahlen zu lassen. Zwischenhin arrangieren sich in unvorstellbarer Geschwindigkeit die waghalsigsten Entwürfe und fesseln die Aufmerksamkeit eines jeden Betrachters, wie immer er zum inneren Wert des ziellosen Funkelns und Flimmerns stehen mag.

Natürlich versuche ich, das Ganze irgendwie zu begreifen. Wozu ich auch oft genug Gelegenheit habe. Einmal, als Dupek, absichtlich oder nicht, mitten in der Nacht eine Clamoranflasche zu Boden riß und sich infolge des seltenen Aufschlagwinkels zufällig die Frequenz eines Händeklatschs erzeugte, hatte ich den langen Rest der Nacht über Zeit, mich mit dem Phänomen, das durch die sonstige Dunkelheit des Zimmers besonders augenfällig wurde, auseinanderzusetzen. Zweifellos war die Tanne, wie sie seit jeher zum weihnachtlichen Gebrauch diente, der Ausgangspunkt für diese moderne Fortentwicklung auf Strombasis. Allerdings ist die Evolutionierung des Weihnachtsbaums schon auf einen Grad herangereift, daß sein jetziger Zustand seine Herkunft fast ganz zu leugnen vermag: Weder Form noch Material und Farbe erinnern im entferntesten an jenen Baumschlag im Walde, der mit traditioneller Festlichkeit verknüpft war. Wie konnte es zu dieser Entwicklung kommen? Was, so fragte ich mich in jener Nacht, ist der Motor für das Begehren einer solch gründlichen Neuerung?

Es wäre ein billiges Argument, bloß auf den Einfallsreichtum geldsüchtiger Handelskonzerne und die leichte Verführbarkeit dupekartiger Käuferscharen verweisen zu wollen. Geht doch gerade diese Konsumentengruppe nach besonders strengen Auswahlprinzipien vor, gegen die anzukommen das Bemühen der Handelsgeschäfte oft genug vergeblich ist; kaum denkbar, daß sich ein Dupek durch den Erwerb eines geschmackvollen Hemdes, eines schönen Möbelstücks oder gar eines guten Buches sinnlos vertut (der Mann ist aus einem Guß). So sehr mir auch die Dupekschen Auswahlprinzipien zuwider sind, ich komme nicht umhin anzuerkennen, daß die innere Logik und Systemhaftigkeit, die dahintersteckt, nicht weniger fest gefügt sind als die meiner eigenen. Auf welchen Urprinzipien gründet sich diese Art von Charakterfestigkeit, und in welche Richtung wird sie die Menschheit noch führen? Lange sah ich auf das rasende Blinken und dachte nach.

Solange man das Wohlgefallen, mit dem alles elektronisch Rhythmisierte (sei es optisch oder akustisch vermittelt) aufgenommen wird, als eine zufällige Liebhaberei an diversem Schnickschnack abtut, wird man über das Plan- und Programmhafte, welches sich hinter dieser leidenschaftlichen Neigung verbirgt, ewig im dunkeln bleiben. Nicht daß das Bedürfnis nach »regelhafter Wiederkehr« (dies nämlich ist das Wesen des Rhythmus) etwas wäre, was erst mit dem Aufkommen des elektronischen Zeitalters seinen Anfang fand. Man muß nicht erst von der Beliebtheit des Kaugummikauens und dem Siegeszug des Schlagzeugs reden, um glaubhaft zu machen, daß auch die Welt des bloß Mechanischen zureicht, um das genannte Bedürfnis sich reich entfalten zu lassen. Doch was ist das bisher Herkömmliche gegen die neuen Möglichkeiten der Elektronik! Natürlich ist diese blinkende Weihnachtspflanze nur ein leichtes Nebenprodukt, beiläufig abgefallen zur Demonstration der neuen Aussichten. Der Hauptstrom der Entwicklung bahnt sich einen ernsteren Weg, und die Geschwindigkeit, mit der er verfolgt wird, zeugt fast von einem wilden Rausch.

Man mag, womöglich an Buschtrommeln denkend, die Liebe zum Rhythmus als etwas Unterentwickeltes und Atavistisches ansehen. Mir aber scheint sie das Symbol der Zukunft; einer Zukunft, die nicht nur den disziplinlosen Fluß der Zeit rhythmisierend in geregelte Portionen wohl einzuteilen versteht, sondern auch alle sonstige Natur an das menschliche Gemüt besser zu adaptieren weiß. Ist nicht das Fernsehen ein erster Triumph dieser speziellen Art von Vermenschlichung? Das wirre und unverdaubare Gewächs der Wirklichkeit – nun ist es elektronisch portioniert und geistig kaubar zubereitet. So wie mir dieser fortentwickelte Weihnachtsbaum, indem er alle komplizierten Bräuche und Motive früherer Zeiten in der Quintessenz eines zweisprachig aufleuchtenden »WEIHNACHTEN« und »CHRISTMAS« zusammenfaßt, eine unmißverständliche Impression zu geben versteht, kann das Fernsehen auch alle sonstige Wirklichkeit übersichtlich zu Bildern und Begriffen abstrahieren. Der Verlust, der mit jedem Abstrahieren (was ja nichts anderes als Ab- und Wegziehen heißt) verbunden ist, mag betrauert werden – von mir nicht. Ich habe nie ein Hehl aus meiner Verachtung der perfiden Wirklichkeit gemacht.

Hier geschah es, daß ich erschrak: Stand ich demnach Dupek so nahe? Waren wir, er und ich, in unserer Ablehnung der vertrackten Wirklichkeit und in unserem Bedürfnis nach Abstraktion so etwas wie Geistesbrüder? Er und ich in der Sehnsucht nach Bildern und Begriffen vereint! War dies der Grund dafür, daß wir an derselben Krankheit litten? Während jener furchtbaren Nacht tat ich kein Auge mehr zu.

– Käptn Körk! Schnell! Wir müssen so schnell wie möglich weg von hier!
– Wir können Tamara nicht allein zurücklassen! Was ist mit unserm Energiefeldschutz?
– Der Megazyklop hat ihn bei seinem letzten Angriff zerstört!
– Dann müssen wir uns sofort zurückbiemen lassn! Spock, stellen Sie die Verbindung her!

Der Sozialtherapeut Klaus suchte uns heute wieder heim. Es dauerte lange, bis Dupek ihn mit einem ohrenbetäubenden Lärm aus dem Fernseher endlich vertreiben konnte. Er war zu uns hereingestürmt mit einer, wie er es nannte, »Petition«, die wir »unterschreiben« sollten. Sie richtete sich gegen den »ungeheuren Skandal«, der nach Auffassung von Klaus in der haushaltsbedingten Einsparung einer Therapeutenstelle liegt. Es blieb unklar, ob die bevorstehende Entlassung unseren Klaus oder einen anderen der Sozialtherapeuten an diesem Krankenhaus betraf. Immerhin war es eine hoffnungsvolle Mitteilung, und ich war nicht gewillt, durch Unterschriftgewährung gegen mein eigenes Interesse zu handeln.

– Skotti, wo waren Sie denn?
– Ich habe Mister Spocks Bewußtsein übernommen.
– Pille, du mußt sie retten!
– Voller Ausschlag auf der Skala, Käptn!
– Tamara, ich liebe dich!
– Käptn! Er ist jetzt in unserem Energiesystem!

Die Bankangestellten, wie um den Verlust eines wichtigen Kunden abzuwenden, unterschrieben sofort. Mit Dupek indes versuchte der Sozialknülch seine Tour vergeblich. Der Kioskmann brachte mit der Zurückweisung des Begehrens eine ganze Batterie von über ihm hängenden Infusionsflaschen so bedrohlich ins Schwanken, daß Klaus bald von ihm abließ. Dagegen strahlte Tschooi über die ihm abverlangte Ehre mit der Fülle seines Ballonkopfs (mittlerweile hat auch er einen). Ihm war die Bitte, ein Schriftstück zu unterschreiben, von jeher Anlaß zufriedenen Behagens. Es ist nämlich nicht das erste Mal, daß unser Sozialpeiniger mit irgendwelchen Unterschriftenlisten anrückt. Ein Bezug zu unserer Krankheit ist dabei nur selten gegeben. Weiß der Himmel, was gerade uns dazu prädestiniert, gegen den Bau einer Autobahn, die Preiserhöhung für Rentnertickets oder die Abschiebung mir unbekannter Ausländer aufzutreten. Klaus behauptet, wir dürften nicht wegen unserer Krankheit von, wie er es nennt, gesellschaftlichen Fragen ausgeschlossen werden.

Wenn hier von Unterschreiben die Rede war, so konnte es in meinem Falle ohnehin nur um nickende Zustimmung gehen. Dieses Mal war ich entschlossen, mich dem Klausschen Drängen zu widersetzen. In bewährter Manier simulierte ich einen Starrkrampf, der mich meiner Ansicht nach eindeutig in den Zustand völliger Geschäftsunfähigkeit versetzte. Doch unser Sozialtherapeut, weit davon entfernt, dergleichen gelten zu lassen, zupfte und schüttelte mich immer wieder.

– Hallo, du! Hörstu mich? Also, ich unterschreib dann für dich, ne?

In diesem Moment beging ich den entscheidenden Fehler. Immer noch des einfältigen Glaubens, ich könne diesen Sozialberserker durch jammervollen Augenschein bremsen, riß ich meinen Kopf nach hinten und ließ ihn, wie von schlimmen Zuckungen erfaßt, in verschiedene Richtungen ausschlagen. Klaus aber suchte sich einen passenden Kurs, nämlich den nach vorne unten, aus, um – unzutreffend und wider jede Wahrscheinlichkeit! – ein Nicken bei mir zu ermitteln. Ein grober Mißbrauch seines Sozialauftrags!

– Prima! rief er beglückt, aber ich hörte es kaum noch, denn Dupek hatte inzwischen –

– *Achtung, Käptn! Der Megazyklop!*

– *Hoho! Ihr Würmlinge, ich brenne darauf, eure Existenz zu vernichten! Hier!*

Kschsch. Kschsch. Kschsch . . .

– *Oh! Ich bin getroffen . . .*

Dupek! Was hatte ich mir nicht alles von der Amputation seiner letzten Hand versprochen! Aber einen Tag vor dem Ereignis, das für mich mit so großer Hoffnung verbunden war, erschien die Dupek-Frau mit einem neuen Fernbedienungsgerät, das sich ums Kinn schnallen und durch Zungendruck bedienen läßt.

– Kukkma! Ntongue-Sörver! Hammse extra neu rausgebracht für alle Moi-Krankn.

Sie sagt immer »Mói« (mit der Betonung auf o), obwohl jeder weiß, daß unsere Krankheit »Emm Oh Ih« heißt. Für alle Moi-Krankn! rief sie also in ihrer Verblendung aus und zog, während es mir kalt über den Rücken lief, das Unheilsding raschelnd aus der Packung. Die Bankangestellten, denen sie es kurz zeigte, zollten mit ihrem feurigen Sachbearbeiterblick Beifall. Dann vertieften sich die beiden Dupeks in die näheren Zusammenhänge des Zubehörs. Eine heiße Wut überfiel mich: Muß man diesen Leuten solches Gerät zuspielen? Ich verfluchte die Gewissenlosigkeit der japanischen Elektroindustrie.

Es dauerte einige Zeit, bis das Kioskpaar die diversen Bänder und Schnallen in eine mit dem Dupekschen Kinn übereinstimmende Ordnung gebracht hatte. Ich war schon resigniert in mein Nachmittagsdösen zurückgefallen, als ein unerwarteter Ausruf mich in guter Stimmung der Gegenwart zurückgewann:

– Sgeht nich! Gott nee! Dess mussich zurückbringn! Dabei hab ich noch extra gefraacht, ob dess auch für solche Fernsäa geht!

Kompiuterlockbuch Nummer zwei der Enterpreis, Sternzeit vier, sechs, sieben, neunkommadrei: Seit fünf Tagen sind wir in der Hand des Megazyklops ...

– Nee, dess hilft nix! Lasses lieber, du machster noch die Zunge damit kaputt!

... Mit einem Magnetfeld von uns unbekannter Größe hatte er sich Zugriff auf unser Nervensystem verschafft. Wir waren wie von einer gefährlichen Lähmung befallen.

– Warum ist mir plötzlich so komisch?

– Der Megazyklop – wir müssen sein Magnetfeld durch ein Gegenfeld neutralisieren!

– Aber woher nehmen wir die Energie dafür? Die Reserven sind erschöpft, und selbst bei voller Betriebsladung könnten wir nie ein so starkes Feld –

– Die Polung! Man muß die Magnetfeldenergie in Gegenenergie umwandeln! Skotti, du mußt es versuchen!

Eine unausgereifte Technik – es gibt so etwas wie eine höhere Gerechtigkeit! jubelte es in mir, und ich malte mir die Vorteile aus, die in der neuen Wendung der Ereignisse für mich lagen. Nun, da die finstere Dupek-Ära zu Ende ging – wie würde sich hinsichtlich der Fernbedienung die Thronfolge gestalten? Die Bankangestellten oder Tschooi?

– Kukkma, dess sogar auf kinehsisch oder wassdess iss!

Sie hatten sich in die Bedienungsanleitung vertieft. Nicht gerade eine gute Ausgangsposition für eine leseschwache

Familie. So zerrieben sie sich denn auch im üblichen Ehegefecht: Ihrem hysterischen »Gott nee, wie dess heißt! Pohver Batton, iss dess dessda?« und »Gleich moorchn früh bring ichs zurück!« setzte er wortlos, aber unmißverständlich sein »Finger wech, dumme Kuh!« entgegen. Auf den Nachttisch kann er nicht mehr schlagen, seitdem seine Hand die Form eines Kuheuters angenommen hat. Höchste Zeit, das Ding abzuschneiden. Ich frage mich, wie er damit überhaupt noch die Tasten der Fernbedienung treffen konnte.

– Falsch rumm? Die Battrie?

Nun ja, ein gezieltes Drücken der Tasten war es ohnehin nicht mehr; eher ein wildes Herumkneten, das einen aberwitzigen Programmwechsel zur dauerhaften Folge hatte. Freilich entspricht das seiner Gemütslage. Nur bei Sportübertragungen schafft Dupek es noch, einer Sendung über einen längeren Zeitraum die Treue zu halten. Übrigens erzeugt der abrupte Programmwechsel oft so bizarre Kombinationen, daß ich mich daran erheitern kann. Leider bin ich der einzige hier, der das ganze Ausmaß von Komik –

– *...Fierzich dreißich für Harris Wecker! Einfach klasse, wie Harris diesen Rückstand noch –*

– *...erklärte der Minister, er wolle jetzt...*

– *...Määtschik Wooter! Die sinnliche Erotik und die belebende Kraft einer neuen...*

– *...tollen Spielserie rund um die Enterpreis! Natürlich exklusiv nur bei Neis Toi!*

– Mönschsgeht! Suuper!

Ein Würgen schlich mir den Hals entlang. Sie hatten es also doch geschafft! Die japanische Elektroindustrie, der Tongue-Server und die Dupeks – eine satanische Allianz!

– Nich so fest! Sons bisse gleich müüd! Du sollstes nur kurz berüührn, hat der Verkäufer gesaacht.

Ob das Ding auch eine Speichelrinne hat? Warum schließen sie dem Kerl den Fernseher nicht direkt ans Gehirn an? Eine Verkabelung wäre auch für *ihn* von unschätzbarem Vorteil. Die Bildqualität und der Ton – es gäbe nicht mehr dieses scheußliche Scheppern des Plastikgehäuses, das Dupek durch das Überdrehen der Lautstärke regelmäßig herbeiführt.
– Hauptsache, sgeht! Bis moorchn kannseja nochn bißchn üübn!
Die Dupek-Frau lachte, von ihrem eigenen Humor überrascht, kurz auf und blickte stolz in die Runde. Hatte sie mit ihrem mutigen Einkauf nicht neuen Segen über dieses vom Leiden geprägte Zimmer gebracht? Tschooi und die Bankangestellten, obgleich gestürzte Thronprätendenten, nickten ihr der Freundlichkeit halber zu. Mit dem Kuheuter verstaute Dupek mürrisch die ausgediente Handbedienung tief unten in seinem Nachttisch, der klareren Verhältnisse wegen. Man kann sich denken, wie es den Abend über herging. Es war, als habe die frühere Kraft seines letzten Arms in der Zunge neue Zuflucht gefunden. Erst als er nach mehreren Stunden des Tobens zufällig an ein Eishockeyspiel geraten war, kamen wir zu einer gewissen Ruhe.

Das schlagende Herz erscheint wie ein Symbol des Lebens. Ist nicht am Ende das Universum höchstselbst ein langsam pulsierender Raum, der sich ausbreitet und wieder zusammenzieht? Groß und klein, auf und ab: Über Jahrtausende hinweg hat der Mensch sich aus dem Sumpf seines Unwissens und seiner niedrigen Veranlagung durch redliche Emsigkeit emporgearbeitet zum Glanze der Wissenschaften und zu humaner Weltanschauung. Ob es an der Unvereinbarkeit dieser beiden schönen Resultate liegt, daß es mit der Entwicklung neuerdings in die gegenteilige Richtung zurückgeht? Wie anders ist es zu verstehen, daß die Triumphe der Wissenschaft und der Technik sich so zerstörerisch gegen die menschliche Gesittung wenden?

Das Blinken des weihnachtlichen Elektrobaums trieb mich immer wieder zu philosophischer Spekulation. Wird also das strenge Herz-, Universums- und Lebensprinzip keine Ruhe geben, bis der Ursprungspunkt menschlicher Entwicklung wieder erreicht ist? Wie weit noch dieser Weg? Ich schielte nach Dupek. Jeder, der einmal einen hohen Berg hinaufgestiegen ist, weiß, daß es nach oben länger dauert als nach unten. Das eigene Gewicht zieht den Wanderer hinunter. Ins flache Tal hinab muß es mit allem, was etwas wiegt, und das Flügelschlagen des Geistes bleibt am Ende vergeblich. Merke ich es nicht selbst, wie alles Denken und Philosophieren immer wieder in blödem Dösen endet?

Was sich erhoben hat, fällt wieder hinab. Die Niedrigkeit der eigenen Natur führt einem die Richtung, und jetzt, da die Natur in hohem Ansehen steht, muß es nicht wundern, daß man über den leichten Talweg vor lauter Spaß in die Hände klatscht: Wurde der frühere Aufstieg mühsam der eigenen Natur abgerungen, so ist das nunmehrige Ausleben derselben ein ebenso buntes Fest wie dieser Weihnachtsbaum. Es wird wohl die Beherrschung des elektrischen Stroms sein, was sich einst als jener Scheitelpunkt angeben lassen wird, von dem aus es wieder hinabging. So, wie die Kinder den Schlitten mühselig den Hang hinaufziehen, schindeten sich Generationen von physikalischen Genies, der Natur ihr Geheimnis abzuringen; und so, wie es beim Rodeln dann mit lautem Juchhe in spaßigem Rasen die Böschung hinabgeht, bringen uns die Dupeks dieser Welt unter dem plärrenden Hallo ihrer Geräte kurzerhand in die tiefsten Schluchten unserer Herkunft zurück.

Uuuäääääääääääääääääh!
Irgend etwas war auf meiner linken Backe gelandet und blieb daran kleben! Auch wenn ich es nicht sehen konnte, wußte ich, daß es ein Bonbon war – von Dupek in weitem Bogen über die Tschooische Bettstatt hinweg auf mich herniedergespuckt! Eines jener »Wundbonbons«, die seine Frau neuerdings für seine abgewetzte Zunge mitbringt; »zur Desinfizierung«, wie sie behauptet. In Wirklichkeit lutscht der Mistkerl sie nie richtig auf, sondern spuckt sie einfach ins Zimmer.
Ich überlegte, was zu tun sei. Durch einfache Backenbewegungen war die Substanz nicht abzuschütteln. Zwar hätte ich bei einiger Anstrengung den grausigen Botenstoff womöglich von außen mit der Zunge wegkratzen können. Aber der Gedanke, ich könne dabei dem auf meiner Außenhaut klebenden Dupekschen Mundwasser (und sei es nur aufgetrocknet) begegnen, ließ mich zurückschaudern. Auch ein nach starker Kopfdrehung denkbares Abstreifen auf der Wassermatratze kam nicht in Frage. Mal abgesehen davon, daß ich mich dabei durch Verwicklung in einige der zahllosen Versorgungsschläuche leicht hätte strangulieren können – das Klebemonstrum würde vermutlich am Hinterkopf einen neuen Ansatz finden, und die Zahl der Besatzungszonen für die Dupekspucke sähe sich verdoppelt. Wie gelähmt lag ich da. Es gab nur eine Lösung: Ich mußte warten, bis Hilfe kam.

– Jetz saachn Sie mal, was wünschn Sien sich zu Weihnachtn?
Schwester Ernas freundliche Gesichtsform hatte sich zwischen mir und die ferne Decke geschoben.
– Ich? fragte ich bescheiden still:

Dupek: Mein Sohn, dess Rotzmaul, mussndehr rumlaufn wien amrikaanisches Werbungsplakaat? Un denn iss mir auf eima, als ob ich seit Jahrn mit irchendwas meine Zeit vertan hätt! Aber was red ich da nur fürn Zeuch? Als obn Magnetfeld –
Ich: Gemach, gemach! Du solltest deinen Satzbau verbessern, lies Kleist und Wieland!
Dupek: Oh! Warum isn mir plötzlich so koomisch? Kleist? Wieland? Diese Namen werde ich mir merken müssen.
Ich: Allerdings, und einiges andere mehr. Fürs erste solltest du den Kinntyrannen entfernen.
Dupek: (Er zerbeißt seinen Tongue-Server.) Abscheulich! *Knirsch, knirsch.* Er schmeckt nach grau-brauner Plastikmasse. Wenn ich bedenke, welchen Unfug die Japaner mit solchem Hausrat in der Welt anrichten! Wie wohl es dagegen tut, sich vortrefflich sprechen zu hören …
Die Bankangestellten: Wir haben zu oft an unser Gehalt gedacht. Ist nicht die Bildung des Herzens und des Geistes ein viel achtenswerteres Gut?
Ich: Ich weiß nicht, an wen ihr diese Frage richtet, aber ich denke, ihr könnt sie euch durchaus selbst beantworten. (*Sie nicken.*)
Tschooi: Bedenke ich der Irrtümer meines früheren Lebens …! Zuerst setzte ich alle Hoffnung auf meinen ersten

Geschlechtsverkehr, und dann, nachdem sie zerstoben war, habe ich mein gesamtes Taschengeld in verfehlte Musik investiert. Ich hatte unzählige Platten und Zehdehs von sogenannten Musikgruppen, deren alberne englische Namen ich mich nun kaum mehr auszusprechen getraue.
Die Bankangestellten: Haha! Auch wir haben bisher solchen Blödsinn getrieben, anstatt etwas Vernünftiges zu hören. Ob es die Unerfahrenheit der Jugend war?
Dupek: Mein Gott, was will ich da sagen! Noch vor kurzem habe ich täglich die »Glückstrommel« und, ohne mich zu schämen, Filme wie »Killmähn – die Söldner des Schreckens« oder »Wenn die prallen Möpse hüpfen« angesehen. Ihr wißt ja selbst, wie schlimm es mit mir war.
Die Bankangestellten: Ja.
Tschooi: Ja.
Die Bankangestellten: Wir haben unseren Mund gehalten, weil Sie so einen entschlossenen Eindruck machten, und schließlich sind wir bloß niedere Bankangestellte ...
Dupek: Es ist wahr, ich bin viel zu apodiktisch gewesen.
Die Bankangestellten: Dennoch müssen wir uns im nachhinein fragen, ob wir nicht früher hätten eingreifen sollen. Wo wird solche Nachgiebigkeit letztlich hinführen? Kerle, wie Sie bis jetzt einer gewesen sind, bestimmen mit ihren Unarten inzwischen weite Teile des öffentlichen Lebens!
Dupek: (*mit tränenerstickter Stimme*) Ich weiß.
Die Bankangestellten: In den auflagestärksten Tageszeitungen, in Kinos, auf den Straßen, auf Parkplätzen, in den Geschäften, im Fernseher, vorm Fernseher – alles ist von Ihrer triebhaften und niedrigen Art beherrscht! (*Dupek schluchzt auf.*) Und außerdem: Hätten wir uns – Virus hin, Virus her – nicht viel besser einrichten können hier? Unser Kollege dort ist das beste Beispiel, daß man mit geistiger Disziplin selbst bei über 200 Gehkuheff noch

gegen alle niederen Regungen durchaus ankommen kann! (*Ich nicke, alles bestätigend.*)

Tschooi: Wir hätten uns geistvoll verständigen oder mit einem guten Abspielgerät Bachkantaten anhören sollen ...

Die Bankangestellten: Was ist das Sterben, wo es bei gehaltvollem Bewußtsein und unter der Würde heiteren Humors geschieht?

Tschooi: Ja. Wir hätten uns längst einmal über diesen merkwürdigen Oberarzt unterhalten sollen.

Dupek: (*immer noch leicht wimmernd*) Zahl?

Die Bankangestellten: Der geldgierige Gliedabschneider! Ob er unser Virusfleisch gegen teures Geld an die Studenten verkauft?

Tschooi: Aber er ist ein Arzt –

Die Bankangestellten: Eben!

Dupek: (*sich nun endgültig vom Schluchzen befreiend*) Haha!

Tschooi: Sie stecken das Zeug in eine Tüte, ich hab's neulich gehört.

Ich: Du auch?

Die Bankangestellten: Wem gehören eigentlich die blauroten Klumpen nach der Abtrennung, rechtlich gesehen?

Ich: Also falls es nach dem Bürgerlichen Gesetzbuch gehen sollte, erinnere ich an Paragraph neunhundertachtundfünfzig Absatz eins: Wer eine herrenlose Sache in Eigenbesitz nimmt, erwirbt das Eigentum an der Sache.

Die Bankangestellten: Moment mal, was heißt denn hier herrenlos?

Dupek: Ausgerechnet Kioskverkäufer! Warum nur habe ich mich nie bemüht, wenigstens Jurist zu werden?

Tschooi: Verkauft oder nicht verkauft – sollen sie uns das verseuchte Blaufleisch vielleicht auf den Nachttisch legen?

Die Bankangestellten: Sie könnten es anständig beerdigen!

Tschooi: Unsere Glieder beerdigen, bevor wir gestorben sind! Wer bezahlt denn all die Särge?
Die Bankangestellten: Die Menschen denken heute zu oft ans Geld. Wir ehemaligen Bankangestellten wissen das am besten. Aber wenn wir portionsweise sterben, sollten wir auch portionsweise beerdigt werden. Zumal bekanntlich unsere Hauptportion, nachdem sie im P-Raum –
Ich: Schluß jetzt damit! Wir sollten zum Sterben eine klare philosophische Haltung annehmen und uns nicht in albernen Details fruchtlos verzehren. *(Es kommt zu einer gewissen Betretenheit.)*
Dupek: Ähem. Wenn ich trotz meiner schäbigen Vergangenheit das Wort hier noch einmal ergreifen darf – gleicht nicht das menschliche Leben dem Besuch in einem herrlich ausgestatteten Kioskgeschäft? Welche Fülle des Angebots, aber am Ende muß man für alles bezahlen ...
Die Bankangestellten: Uns erschien der Tod eher wie eine fristlose Kreditkündigung. Ist denn unser Leben etwas anderes als ein jederzeit fälliges Tagesgeld? Und trotzdem spielen wir Schuldner uns überall auf, als seien wir Gläubiger ...
Tschooi: Wie sonderbar! Mir war das Leben stets ein Geschenk. Ein Geschenk, das schier endlos verpackt zu sein scheint. Doch wer nur ein wenig Geduld und Güte mitbringt, wird am Ende den wahren Kern schon finden. Es ist – die Liebe! Es gibt sie, die Liebe, und sei es auch nur als eine anzustrebende Idee. Ich habe lange genug schlechte Musik gehört, um nun, da ich die gute kennengelernt habe, die heillos beglückende Wärme zu verspüren, die in der Wahrnehmung einer hohen Idee liegt ...
Ich: O Freunde! So sieht jeder nach seiner Art im Leben ein Ding, welches genossen zu haben, so zufrieden macht wie ein kühlendes Getränk nach einem heißen Sommer-

tag. Ein Vergleich, der mit Bedacht gewählt ist, denn so wie der heiße Sommertag verlangt auch der erfrischende Bechertrunk nach einem Abschluß, sofern er nicht jede Proportion verlieren will. Andere, die nach uns kommen, sind an der Reihe. Einmal also ist es Zeit, ihn abzustellen, den schönen Kelch, und sich auf die lange Nacht vorzubereiten. Wie ekelhaft, würdelos und unschön dagegen, denen der Trinkpokal wider ihren vergeblichen Willen gewaltsam erst entrissen werden muß! Welch schmähliche Peinlichkeit, wo, den nachfolgenden Generationen zum berechtigten Greuel, das Blut der abgerissenen Finger vom Wanderglase tropft!
Tschooi: Sagt nicht ein Sprichwort: Arm ist, wer den Tod wünscht, ärmer noch, wer ihn fürchtet?
Die Bankangestellten: Und sagt nicht ein anderes: Wer nicht gewacht hat, kann nicht schlafen; wer nicht gelebt hat, kann nicht sterben?
Tschooi: Und hat nicht Blücher am 12. September 1819 gesagt: Sie haben manches von mir gelernt; jetzt sollen sie auch noch lernen, wie man in Ruhe stirbt?
Dupek: Und, falls ich dies trotz meiner früheren Verfehlungen hier noch anbringen darf, Immanuel Kant, in seiner Rigaer Ausgabe der Kritik der praktischen Vernunft von 1788, hat schließlich gar auf Seite 293 oben –

Ich wollte mich gerade auf Dupeks Kantzitat konzentrieren, als plötzlich –:
– … TABUS HEUTE MEHR, UND DENKEN SIE AN DIE KORPOREJT EIDENTITI!
– Ja, Herr Doktor Koppazin.

Ein neuer Doktor? Um diese Tageszeit? Ich schielte hinüber und sah – vier Herren in dunkelblauen Anzügen?
– AAH, DA HABEN WIR IHN JA, UNSEREN PATIENTEN! WASS?
Einen erkannte ich: Es war der Filialleiter, der schon mehrmals –
– Nein, äh, hier, Herr Doktor Koppazin ... Sonst also – ha, das ist nämlich die Konkurrenz, sozusagen.
– AH! DAS BÄNKER-ZIMMER, WASS? HAHA!
Eine Verwechslung, wie sie unter Bankangestellten leicht geschehen kann. Mir selbst gelingt es oft genug nicht, die beiden –
– ALSO NUN ERST MAL ALLES GUTE! IM NAMEN DES GESAMTEN VORSTANDS! HÖREN SIE?
Der Mann schrie, als wäre uns statt des Kehlkopfs der Gehörgang weggeschnitten worden.
– HERR DOKTOR KOPPAZIN IST EXTRA AUS FRANKFURT ..., schrie nun auch wie außer sich der Filialleiter. Daß dieser Koppazin ein besonders hohes Tier war, erkannte ich sofort: Der als Anzugträger getarnte Kraftkerl mit dem Oberlippenbart, der sich vor uns schob, um uns nicht mehr aus seinen Kneifäuglein zu lassen, mußte wohl ein Leibwächter sein. Glaubte er, eines der hier verwahrten Fleischstücke sei ein unverwüstlicher Bankenhasser, der aus einer so aussichtslosen Position wie der unseren noch zäh ein Virus schleudern wird?
– JANGHUSN, DAS PRÄSENT!
Die Betonung lag entschieden auf dem »ä«, das der weltläufige Konzernchef übrigens eher aussprach wie ein »e«. Ein jüngerer Modellmann, wohl der Adjutant, wühlte aus seinem Geschäftskoffer ein dickleibiges Geschenkwerk hervor.
– ÜBER FLORIDA! IHR FEJFORITT SPOTT, WIE ICH HÖRTE.

WASS? prahlte Doktor Koppazin mit seinen Personalkenntnissen. Dupek reckte daraufhin wohl allzu neidisch den Schwellhals. Oder geschah es, um der im Nebenbett repräsentierten Bankkonkurrenz zu imponieren? Jedenfalls wurde der Oberkapitalist vom Gleichheitswahn erfaßt:

– JANGHUSN, GEBEN SIE *ALLEN* ETWAS. UND KNICKERN SIE NICHT!

Gewissenhaft widmete sich Janghusn seiner neuen Aufgabe. Jeder erhielt seine Portion aus dem unversiegbaren Köfferchen – und nahm sie dankend an. Man mag glauben, ein Mensch, der sich im Zustand eines gliederlosen Restrumpfes befindet, habe das Interesse an für ihn unbrauchbaren Mitbringseln verloren. Das Gegenteil ist der Fall. In jedem Geschenk, sei es noch so gering, steckt immer ein Zeichen der Zuwendung, und niemand dürstet nach solcher Anteilnahme mehr als der siech und verzweifelt Darniederliegende. In stummer Überwältigung nahmen wir nicht allein die Geschenke, sondern das ganze unerwartete Besuchsereignis auf. War nicht sogar der Fernseher – durch Dupek selbst! – längst abgestellt? Erst jetzt spürte ich, mit welch ungeheurer Wucht die internationale Bankenwelt eben nun in unser unbedeutendes MOI-Zimmer hereingebrochen war. Von draußen hörte ich, falls es nicht wieder das Rumpeln der Ventilieranlage von der Urologischen war: das Kreisen eines Hubschraubers! Der Leibwächter, dem es wiederholt aus der Tasche zirpte, flüsterte mehrmals in sein unsichtbares Funkgerät. Und Janghusn mußte, nachdem es ihm selbst – fast unhörbar – aus dem Anzug gedüdelt hatte, das Austeilen unterbrechen, um ein zigarettenschachtelgroßes Kästchen hervorzuholen, das er aufklappte und sich ans Ohr legte. Er sprach einiges Englische hinein und rief dann seinen Chef mit »Singa Pur!« an.

– SPÄTER, JANGHUSN, SPÄTER!
Janghusn, von der neuen Rangordnung der Sachverhalte leicht geschockt, schickte die Nachricht, in tadelloser Übersetzung, auf die Gegenseite des Weltballs, bevor er die Verteilung seiner Gaben resigniert wiederaufnahm. Als er über mir auftauchte, geriet er erneut ins Stutzen. Ist dies ein Produkt der gefährlichen Krankheit, oder handelt es sich um ein medikamentöses Erfordernis? mochte er sich überlegen, indem er auf das Dupeksche Wundbonbon an meiner Backe starrte. Ich verfluchte den Lutsch- und Fernsehlumpen, weil er mich so zugerichtet hatte. Irritiert legte mir sodann der hochbezahlte Bankspezialist nicht ohne Ekel auf den Nachttisch: fürs neue Jahr 1 faustdicker »Dejtplaner« à la dunkelblaue Schweinshautfälschung, 1 Kugelschreiber sowie 1 Schraubenzieher in den Hausfarben der Bank, 1 Tabellenjahrbuch »Unsere Volkswirtschaft« sowie die Broschüre »Die ... Bank in unserer Gesellschaft«.
Währenddessen überlegte ich: Hatte ich diesen Doktor Koppazin nicht in einer von Dupeks Fernsehsendungen gesehen? Wie wichtig und mächtig mochte er sein? Würde, so seufzte ich, unser von der Sehsucht getriebener Programmzappler nicht ständig hin- und herschalten, wüßte ich sicher mehr von unserer Republik. Irgendwie beeindruckte mich dieser Mann im dunkelblauen Anzug. Bei aller Weltläufigkeit, die ihm zu eigen sein mochte, so war es doch sicher das erste Mal, daß er einen MOI-Kranken in fortgeschrittenem Stadium von Angesicht zu Angesicht –: unsere ausgezahnten Gallertköpfe, das bläuliche Fleisch, die roten Gliedstümpfe, all die Apparate, an die wir angeschlossen waren. Und dennoch behielt sich Koppazin eine Natürlichkeit, wie ich sie an einem auswärtigen Besucher noch nie bemerkt hatte (den Sozialtherapeuten rechne ich nicht, der arbeitet hier). Während Janghusn und der Filial-

leiter uns beklommen anblickten, als wollten sie am liebsten unaufhörlich den Kopf schütteln, und es nur unterließen, weil ihr Chef es unterließ, plauderte dieser zu den Bankangestellten, als seien sie wichtige Geschäftspartner. Dabei waren sie in ihrem früheren Leben doch nur unbedeutende Kassierer gewesen.
Einmal, als er in die Hände klatschte und »SOO, KINDER!« rief, sprang prompt Dupeks Elektrobaum an. Ein anderer wäre bei dem unverhofften Blinkfeuerwerk irritiert aus der Bahn geraten. Koppazin aber hielt nicht für den winzigsten Moment inne, klatschte vielmehr, wie nebenhin den Baum zum Stoppen bringend, nochmals in die Hände, murmelte dabei »smahrt Kläpper« (was hab ich noch für Ohrn!) und war auch schon bei der Anweisung, endlich das Foto zu machen. Ein Kopf, so kam mir jetzt, der, sonst die vornehme Pracht internationaler Finanzwelt durcheilend, hier nun einen jähen Zusammenstoß mit dem schaurigen Weihnachtskosmos eines Kioskverkäufers so mühelos übersteht, gehört zu Recht an die Spitze einer weltweit agierenden Großbank.
– FÜRS HAUSBLATT, lachte er. Janghusn, ein wahres Faktotum, fingerte eine riesige Kamera aus dem Zauberkoffer, während sein Chef weitere Anordnungen traf: Eines mit (wohl für die Regionalausgabe) und eines ohne Filialleiter. Der Leibwächter zuckte bei jedem Blitzlicht zusammen. Hoffentlich, dachte ich, kommen die Fotos nicht in falsche Hände. Ein gehässiges Magazin etwa, das seinen bankkritischen Artikel mit dem drall schmunzelnden Bankentycoon, meinem halbtoten Zimmerkollegen und dem Zitat »DAS PERSONAL NOCH STÄRKER REDUZIEREN« garnieren könnte. Dieser Krankenhaus-Coup entpuppte sich dann als fehlgeschlagene Öffentlichkeitsarbeit. Anders für uns: Einmal abgesehen von den idiotischen Mitbringseln – ein

solcher Besuch bringt doch etwas Frisches in unser totes Zimmer. Insbesondere die Bankangestellten werden davon noch lange –

– SOO KINDER! rief's da auch schon und klatschte zweimal (ein Gedächtnis!) in die Hände. ALSO MEINE HERREN! WASS? ALLES GUTE, UND SCHÖNE FEIERTAGE!

– Wassndess? Wass hammen Sieda auf der Backe?

Ich schlug die Augen auf: Ernas wärmende Scheibe schien betrübt auf mich herab.

– Jetz reichtes aber! drohte sie in Richtung Dupek. Schluß jetz miten Bongbongs (ahnte sie um die französische Herkunft des Wortes?)! Wenn Sie nich so viel fernsäen tätn, bräuchtn Sie auch keine Bongbongs. Sganze Zimmer hammse schon damit vollgespuckt!

In einer einmaligen Abrißaktion entfernte sie abrupt das unzugehörige Detail. Es war mir, als hätte sie dabei die Backe gleich mit abgetragen. Ich irrte. Wie sonst hätte Schwester Erna auf das Anlegen eines Wundverbandes verzichten und mit ihrer Spucke die Reste der Dupekschen Sabbermasse von mir abreiben können? Ich weiß nicht warum, aber für mich war der Unterschied zwischen *ihrer* und *Dupeks* Spucke ein geradezu artspezifischer, ohne daß ich auch nur einen Blick hätte darauf werfen müssen. Hat denn die Spucke ein Geschlecht? fragte ich mich. Oder: Sind wir identisch mit unserem Körpersaft? Oder: Falls nicht, womit sonst sind wir dann identisch? Mit nichts?

– Unsieh? hieß es da aber bereits in Richtung der Bankangestellten. Na, da hammse heut aber Nbesuch gehaabt, ne? Die hamm sogar extrane Ausnahmegenehmigung fürn Landeplatz gekricht (also doch! Von wegen Ventilieran-

lage …). Ich habnja nich gesehn, aber swar doch dehr vom Fernsäa, odernich?
Hier zu nicken, blieb den Bankangestellten vorbehalten. Mit verschiedenen Gesten deuteten sie an, daß sie von dem Ereignis noch ganz benommen seien. Niemals hätten sie ein solches Zusammentreffen für möglich gehalten, es sei geradezu unglaublich etc.
– Un wassie alles gekricht hamm!
So herum also wehte der Wind. Nun ja, was sollte ich mit dem Plunder? Mit dem Kopf absolvierte ich eine großzügige Schenkgeste, die auch mein Tagebuch mitumfaßte. Aber Schwester Erna differenzierte zuungunsten des letzteren.
– Nee, dessdoch nich! Soll ichs Ihnen hinlehchn, damizes lehsn könn? Daß Sie aber auch nie Besuch kriechn! Übermoorchn iss Weihnachtn!
Sie hatte öfter diese merkwürdige Art, sich unsinnige Zusammenhänge auszudenken. Einmal sagte sie zu mir: Sie kukkn immerso traurich! Mööchn Sie eichentlich Musiik? Zweifellos hatte sie derlei Assoziationsmatsch aus irgendwelchen schlimmen Romanen. Merkwürdigerweise hatte sie in diesem Fall trotzdem recht. Aber nur, weil die jugendliche Nervensäge neben mir mich unentwegt mit dem dämlichen »tschk, dmm dmm … tschk, dmm dmm« aus seinem Wook Mähn terrorisierte.
– Ich will Ihnen mawass saachn, wisperte sie mir nun zu, und das Knarren vierer Wassermatratzen erfüllte den Raum. Sie liebn sich zu wehnich!
Ich hatte einiges erwartet, nach *dem* verklärten Weiherblick. Aber daß sich eine Krankenschwester so sehr irren kann – ! Und sie setzte sogar noch eins drauf:
– Nur wer sich selbst liebt, wird auch vondenandren geliebt …

Wiederum so eine verhängnisvolle Fehlleistung aus einem irrenden Roman! erregte ich mich, nicht ungekränkt. Mit solch populärpsychologischem Danebenhauen gibt sich die schwer erkrankte Gesellschaft noch den Rest. Aber nun, da ich ihr entgeistert in das mitfühlende Gesicht sah, begriff auch Schwester Erna, daß sie zu weit gegangen war. Selbst Weihnachten gibt kein Recht, so tief in fremder Leute Personalsphäre einzudringen. Verlegen versuchte sie, die Wassermatratze glattzustreichen (natürlich vergeblich):

– Sie müssn sich selbst mehr annehmn!

Dann raffte sie Janghusns Bankutensilien zusammen, drückte sie an ihre Brust (ach, jetzt die DIN A 4-Broschüre »Die ... Bank in unserer Gesellschaft« sein) und versuchte es ein allerletztes Mal:

– Stimmts?

Wer mit Frauen vertrauten Umgang haben will, muß Kompromisse machen. Also zuckte ich wider besseres Wissen mit den Schultern.

– Ach, Sie! seufzte sie daraufhin.

Dann strich sie mir mit einer Hand, die andere preßte die Bankengabe, übers blanke Melonenhaupt. Ich spürte kaum etwas, da mich die Deformierung ihrer Brust durch den kantigen Dejt-Planer zu sehr in Anspruch nahm.

Hatte sie mich wirklich ein wenig lieb? Es versteht sich, daß ich dieses Mal einen wunderbaren Abend verbrachte. Dupek, der mir Ernas Zuneigung wie gewohnt mit überlautem Fernsehen vergalt, konnte mir nichts anhaben. Erst jetzt entfaltete das Streicheln meiner geplagten Virusbirne seine volle Wirkung: Ein wohliges Glühen wärmte mich stundenlang von oben. »Ach, Sie ...«, hatte sie geseufzt und das, was das herzlose Virus aus mir gemacht, mit ihrer sanften Pflegehand liebkost. Es war, als läge ihre Hand immer noch dort oben, und während Dupek grimmig durch das für ihn bestimmte Angebot zappte, sah ich mich von einem Bilderstrom wohlgemut hinfortgerissen, in dem Schwester Ernas sanfte Linien sowie das Wärmend-Krankenschwesterliche darin die schönsten Wirbel bildeten. Warum nur durfte sie nicht zu mir unter die Mikrofibrandecke schlüpfen?

Wie verachtenswert ist diese barbarisch phantasie- und im Grunde kopflose Wirklichkeit, daß sie jedes wahre Glück mit ihren groben Sachverhaltsfingern erwürgen muß! Mit rohester Grausamkeit lockt sie mein Gehirn allezeit zum Mitspielen, um ihm, nachdem es sich die glanzvollsten Züge ausgedacht, die Durchführung zu untersagen. »Ach, Sie ...«, hatte Schwester Erna geflüstert, und alles, wirklich *alles*, lag in diesen beiden Worten. Es ist mir völlig gleich, was sie sich wirklich dabei gedacht hat. Natürlich bin ich mir im nachhinein darüber im klaren, daß Schwester Erna in jenem Moment, in dem sie »Ach Sie ...« flüsterte, bereits ahnte, wenn nicht sogar wußte, daß – egal! Schluß mit dieser Überlegung! »Ach, Sie ...«, flüsterte sie, und es waren die letzten Worte, die ich je noch von ihr hören sollte. Erst am nächsten Tag erfuhr ich, daß sie für die Woche nach Weihnachten Urlaub genommen hatte, und da – Schluß! Schluß jetzt damit!

– Wir beten Dich an in Dankbarkeit und Freude und rufen zu Dir: Laß alle Menschen Brüder und Schwestern werden. Entreiße uns aller bedrückenden Einsamkeit des Herzens und aller Verstrickung in uns selbst. Gib uns wie Maria ein hörendes Herz, das sich öffnet Deinem rettenden Wort. Erschließe die Tore des Herzens für alle, die Trä-

nen weinen, und für alle, die in Sprachlosigkeit stumm verharren am Rande des Lebens. Amen.
Maria? Was? Sagte er »... wie Maria«? Und das soll ein Pastor sein? Es ist doch immer dasselbe mit den Revolutionen: Am Ende ist alles so, wie es vorher auch schon gewesen ist. Und nach fünfhundert Jahren Reformation ...
Pastor Herbert stand in einer Art Weihnachtshabit, welcher aus einem grünen Pullover, einer roten Anstecknadel »Denkt an die Dritte Welt!« und einem von weihnachtlichem Recyclingpapier umwickelten Gebetbuch sich wie zufällig zusammensetzte. Das Derbe seines Aufzugs wurde durch sein üppig strahlendes Festgesicht, das heute anders als sonst von der Last des Mitleidens kaum belastet schien, mehr als aufgewogen. Ich überlegte, was er mit »aller Verstrickung in uns selbst« gemeint haben mochte. Unwahrscheinlich, daß es gerade auf mich abzielte. Dennoch blieb ein Unbehagen.
Es war Heiligabend und also Pastorenzeit, aber auch sonst gab es heute mehreren Besuch. Professor Zahl und seine Medizinalschar durcheilten das Zimmer in besonderer Flüchtigkeit. Nur bei mir hielten sie sich länger auf und zischelten einiges Lateinische. Sie glauben fest, heute könne kein Patient mehr Lateinisch. Dummerweise konzentrierte ich mich gerade auf die Frage, ob das Zahlsche Honorar an Feiertagen höher liege als an Werktagen, und schnappte nur noch die Begriffe »non hodie« und »dies natalis Christi!« auf. Natürlich suchte uns auch die unvermeidliche Dupek-Mischpoke heim:
– Übernexte Woche kriechn wirs Kreditkattnterminahl von Ihsie Käsch. Warum hammers bloß nich schon früher gehaabt! stöhnte das Kioskweib.
Ihr Feldherr nahm die Meldung stumm und gelassen entgegen. Überhaupt scheint nun eine Art Weihnachtsmilde

über ihn gekommen zu sein. Von den albernen Liedern, die ihm häßliche Smokingmänner, nach schräg oben ins Leere lugende Dauerwellenblondinen oder gut domestizierte Singkinder einesteils aus abgelegenen Landschaften, andernteils aus der Hausposition »vor funkelndem Lamettagewächs« akkurat entgegenflöten, kann er gar nicht genug bekommen. Suchend hechelt er mit der wunden Drückezunge über die Sendertastatur.

Also auch Dupek. Seit Jahren frage ich mich, welches vulkanische Prinzip hinter solcher Dezembereruption steckt. Als ob alles, was sich übers Jahr an sentimentalem Bedürfnis still angesammelt, gerade nun, da der Gefühlstank zu neuer Abfüllung ausgeräumt ans nächste Jahr zu übergeben ist, durch Öffnen des Hauptventils sicher ausgekehrt werde. Raus mit dem melancholischen Klingglöckchenschmalz, steht doch mit karnevalistischem Hellaugeschunkel bald Neues an. Solche Saisonalisierung der Gefühle ist zweifellos Teil jenes höheren Trends zu Ordnung und Kompaktheit, der auch in Dupeks modernisiertem Weihnachtsbaum staunenswerten Ausdruck findet. Hat man sich überlegt, wohin solche abstrahierende Zusammenfassungen –

– Zum Tag der Menschenfreundlichkeit Gottes frohe Segenswünsche für eine Zukunft, die ER bereitet! rief da der Pastor aus und legte einem jeden von uns auf den Nachttisch: 1 Tannenzweig plus 1 Kerze, welche letztere er sogleich anzündete. Übrigens tauchte heute auch die Tschooische Sippe sowie die der Bankangestellten auf. Während die erstere außer einem durchweg ländlichen Eindruck kaum etwas hinterließ, überraschten die Familien der Bankangestellten mit teuren Geschenken. Ob nun die Ähnlichkeit der Bankangestellten sich ohne weiteres auf ihre Familien übertragen läßt oder ob sich die zwei

Patienten einfach dasselbe gewünscht haben, beide erhielten unter anderem: je 1 Stück am Bett anschraubbaren Miniaturmonitor. Noch bin ich mir darüber im unklaren, was genau das zu bedeuten hat. Zwar war viel von Börsenspielen und Immobilienprogrammen die Rede, nicht aber vom Fernsehen. Womöglich geschah das aber allein, um den Argwohn Dupeks zu zerstreuen, dessen eiserner Fernsehmonokratismus keinem Besucher verborgen bleiben kann. Eine Maßnahme übervorsichtiger Taktik. Denn das Dupeksche Eisgebirge schmilzt seit gestern nachmittag unter laut gehalstem »In dieser heiligen Nacht!« und »O du Fröhliche!« nur noch so weg.

»Entreiße uns aller Verstrickung in uns selbst«: Immer wieder ging mir diese pastorale Forderung durch den Kopf. Eine glänzende Formulierung für eine unlösbare Aufgabe. Oder sollte etwa der Tod als Ei des Kolumbus – einer nach dem anderen, seiner unseligen Verstrickung entrissen. Freilich eine extremistische Lösung, um nicht zu sagen: rüde Grobheit. Juhuu! Irgendwie fand ich mich in aufgeräumter Stimmung.

– Zum Tag der Menschenfreundlichkeit Gottes frohe Segenswünsche für eine Zukunft, die ER ... – so stand er nun vor mir, der Pastor Herbert, feierlich und hirtenartig. Dann griff er in seinen Karton, der mit »DIE GUTEN KINDERPRODUKTE VON FERRERO« und mit »KINDERSCHOKOLADE – JETZT NOCH MILCHIGER!« beschriftet war (hat er den aus der Küche?): 1 Tannenzweig plus 1 Kerze. Daß er bei solcher Gelegenheit ein Feuerzeug anstatt Streichhölzer benutzte, war eine schaurige Inkonsequenz, über die hinwegzusehen ich mich um so weniger imstande fühlte, als Pastor Herbert, wie ich erst jetzt bemerkte, seine Fingernägel abgebissen hatte. Kein noch so energisches Mitleiden mit der gemarterten Welt vermag eine solche Tat zu entschuldigen. Abgebissene Fingernägel! Es sieht aus wie zehn ausgeschlagene Augen. Mir wurde fast schlecht, als er nun eine seiner verstümmelten Tatzen auf meinen Restrumpf legte. Es war um die Gegend meiner früheren Brust.

– Herr, mach, daß nicht allerwärts Mensch gegen Mensch sich stellt. Führ das verratne Herz hin nach der schönern Welt!

Ich atmete vergnügt auf. »Allerwärts«, »verratnes Herz« – es sind solche ausgesuchten und kuriosen Begriffe, mit denen mich der Mann immer wieder zu versöhnen weiß. Er hat einen ganzen Wortschatz davon, und über ein solches Aufbäumen gegen die neue Zeit will ich gerne das Feuerzeug und – die andere Pranke legte er auf meinen – iiih! – Mund?

– Frieden, ja ihn gewähr denen, die willens sind! Gotteskind, Menschensohn, wir brauchen Dich. Dringender war es nie.

War der Kerl schob einen seiner vermurksten Finger mir wurde hundsübler Drecksack du mußt ihn notfalls beiß ich dem Eindringling auch zahnlos kann ich werd dir's schon austreiben mir war als ob er was, verdammt, sucht der denn da drin? Mir den abgekauten Pastorenfinger in die letzte Heimstatt zu was diese Priester fähig sind wir für sie Fingeretuis? Doch bevor ich wollte gerade als ich war entschlossen jetzt rücksichtslos zubeißen dachte ich wollte es auch gerade da zog er das verhunzte Stück wieder heraus. Noch kämpfte ich würgend um Fassung bemüht den Zweck des frechen Raubzugs in meinem Allerheiligsten auszukundschaften, als er, wohl um den Handlanger abzuputzen, ein Taschentuch aus dem Säckel fummelte. Der Zusammenhang war vermutlich einfacher als ich begriff's nun war alles klar: der Kerl ist verrückt! Tout simplement verrückt! Immer schon hatte ich's mir wurde es ganz mulmig, wie ich ihn gespenstergleich im Kerzenlicht rieb er sich meinen Speichel vom Weihnachtswahn erfaßt, glaubte er vermutlich wollte er nach christlicher Botschaft in meinem Mundwasserbecken fischen und frottierte jetzt, fanglos wie einst Petrus, die Angel ab. Zu viel Theologie, kam es mir, ist der erste Schritt, dann das Krankenhaus und die Trostlosigkeit – muß da nicht, und gerade an Weihnachten, wo die Ergriffenheit hinzukommt und er nun sah ich, wie er, wohl zum Schneuzen, hielt er das – Himmel! Es war kein Taschentuch! Es war, verflucht – jetzt erst begriff ich, was er hielt kein Taschentuch, sondern hatte, um sich umzubringen, in meinem Mund war er bloß um Himmels willen! schrie's in mir, als ich sah, daß er hielt –

– HERR, IN DEINEM NAMEN! FRIEDEN GEWÄHR DENEN, DIE WILLENS SIND!

– einen 50 Euro-Schein und leckte ihn, nachdem er diese letzte Forderung an seinen vermeintlichen Auftraggeber laut ausgerufen hatte, mit der Zunge ab!

Die Rede ist verworren, es scheinet ein unteutsches Geflikke:

– ... die Glubolfluxation auf Trennreinigung wechseln, Plasmazyklus auf Bettafünf runterfahren und Umlegung mit der Peh Err Fau abterminieren!

Unsere Teutsche Sprach ist weiträumig, tief, rein und herrlich voller Kunst und Geheimbnisse und wird nicht nach ungeputzter Manier lumpsweis aus dem gemeinen Winde ersnappet: Sondern durch Fleis und Arbeit muß erlernet werden wie man einen jeden unaltäglichen Conceptum oder Sinnbegriff in rechte natürliche Teutsche Zier einkleiden und dem Anhörer beliebt und bekand machen könne. Es kann niemand deroselben gewiß und kündig seyn so er nicht ihre weite und breite Grentze ein wenig mit fleisse durchwandert sondern mit blinden Griffen nur hinein getastet und nur das jenige erlernet hat was die algemeine altägliche Gewonheit einem jeden in seinem Beruffe zur Hand wirfft.

... und Umlegung mit der PRV abterminieren! Meint der Kerl, ich verstünde das nicht? Hält er mich für einen Kalbsbraten, den man, ohne daß er es merkt, von einem Haken zum anderen hängt? Umlegung mit der PRV abterminieren! Abterminieren! Ich habe immer gewußt, daß es der Oberarzt Zahl sein würde, der den Vernichtungsbefehl gegen mich erteilen wird. PRV! Was soll das denn heißen, wenn nicht P-Raum-Verwaltung? Umlegung ist das Hauptwort zu »umlegen«, mich umlegen! Mit ihrem verräterischen Kauderwelsch üben sie ihr gnadenloses Standrecht aus, ohne die mindeste Rücksicht auf ihre Opfer. Umlegung abterminieren! Zahl ruft's aus, ein Assistent notiert's, gibt's dem Studenten mit dem Mützenhaar, und unaufhaltsam dringt der Befehl zur P-Raum-Verwaltung vor!

Umlegung abterminieren! Welche Sprechbrutalität, welche Gefühllosigkeit hat sich unserer Ärzteschaft bemächtigt? Zeichen der allgemeinen Verrohung und Bestialisierung, und die Ärztejugend, unfähig zu Widerspruch und energischem Einschreiten, reckt zur Verbesserung ihrer Examensaussichten die ungewaschenen Hälse, um einen Blick zu erhaschen vom gerade Verurteilten. Am Abend wird es dann lässig der Freundin erzählt. Arm- und beinlos? Ach! Ein pralles Reststück mit einem tüchtigen Fleischballon als Kopf? Hss! Nein, Schatz, wie ich dich bewundere! Niemals könnte ich den Anblick solchen Elends ertragen! – Na ja, jetzt wird ja die Umlegung endlich abterminiert. Eine Erlösung für alle Betroffenen ...

Alle Betroffenen? Oh ja, auch für mich wäre es vielleicht eine Erlösung, wenn nicht ihr verdammten Studenten mich als Ausbildungsstück erlebt man denn den eigenen Tod? Nein! Aber die anderen! Die anderen sitzen frohgemut zu Millionen bei Sekt, Bier, Kartoffelchips und Kinderschokolade wird das Leben gefeiert! Schlimmer noch, Bestattungsarrangeure, Priester, Annoncenredakteure, die Putzmannschaften für die P-Räume – ein ganzer Wirtschaftszweig wartet auf das Ableben anderer, auf das Ableben von Mitmenschen, auf *mein* Ableben! Und Professor Zahl? Ich sehe ihn vor mir, wie er am Tage meines Endes seinen verzogenen Kindern unnötige Geschenke mitbringt, bezahlt von meiner Entschädigungsrente! Kukkma, Jessica, ein Arztkoffer! – UNICH? – Du, Kevin, krichstneun Gäimboi, weildn altn kaputtgemacht hast! Und wißt ihr denn auch, Kinder, warum ich mir das leisten kann? – Nö. – Nö. – An jedem abgesägten Arm, an jedem abgehackten Bein und sogar an seinem Geschlechtsteil habe ich verdient! Und jetzt, da sich meine chirurgischen Einkommensmöglichkeiten an dem Mann erschöpft haben, ließ ich seine Umlegung abterminieren.

Was kann ich dagegen tun? Mein Unglück ist nur ein kleines Glied in der großen Kette des Glücks. Ein tückisches Prinzip, bei dem jedes Gedeihen auf einem Schlamassel beruht: Ärzte bereichern sich durch die Krankheiten ihrer Mitmenschen, Rechtsanwälte profitieren vom Streit, und Lehrer leben von der Unwissenheit ihrer Schüler – ein gigantisches System der Unglücksprofiteure! Sogar die Nächstenliebe bringt moralisch nur Vorteile und beruht auf dem Gegensatz der Ichs.

... Plasmazyklus auf Bettafünf runterfahren und Umlegung mit der Peh Err Fau abterminieren! Das ist es, MEIN ENDE!! Der Assistent hat es aufgeschrieben, damit es ausgeführt und abgerechnet werden kann. Denn wie fast jeder seiner Sätze, wird sich auch dieser für Dr. Zahl gehaltserhöhend auswirken. Aber ich nehme es an, dieses verdammte Ende. Ich nehme es an, wie ich bei meiner Geburt mein Ich angenommen habe: wahllos! Wahllos!

Tot! Tot! Sie werden in jeder Minute können sie werden mich wie damals Dr. Schlimm packen mich die Transporteure vom P-Raum und schieben mir wird ganz schlecht, wenn ich bloß nicht meine Würde – meine Würde! Ich werde Tschooi und den Bankangestellten freundlich zunicken und Dupek die Zunge herausstrecken, damit er wird vermutlich läuft gerade der Fernseher, und meine letzten Eindrücke vor dem P-Raum werden ein Schokoriegel, Waschpulver, Hundefutter oder – tot! Tot! Ich – tot! Sie werden mich durch die Türe auf dem Gang stehen vermutlich werden sie mit dem Finger: Aha, aha! Ein Fall für den P-Raum! Ab! Ab in den Aufzug, wo vielleicht stehen schon zwei kichernde Mädchen drin, die im fünften Stock ihre mumpskranke Freundin wird's kaum zu glauben: ein Fleischballon mit einem Gesichtsknödel obendran? Ja! Ja! Und, hihi, als wir ausm Aufzug raus sind, hihi, hatter mir mit der Nase zugewinkt! Hatternich! Hatterdoch! Ich habs genau gesehn, wie er wird ja wohl jetzt simmer auch schon da: K wie Kellergeschoß, P wie P-Raum. Mein letztes Bild von der Welt: die sich öffnende Aufzugstüre. Das scheppernde Metall des Aufzugs, die quietschenden Turnschuhe der Krankentransporteure, das dumpfe Rollgeräusch des Transportbetts – gleich hammers, gleich sinwer

in wenigen Sekunden bist du hast lange genug – genug! Schluß! Schluß jetzt! Ich muß – ich muß mich beruhigen! Schluß! Schluß damit! Ich darf jetzt nicht daran denken! Nicht mehr daran denken! Nicht mehr denken! Nie mehr denken! Tot! Für immer tot! Ich könnte, wenn ich werde noch wahnsinnig! Tot! Nie mehr denken! So lange gedacht! Überlegt! Gelernt! Allein die ganze Schulzeit, Latein, Mathematik, Erdkunde – wie hab ich mich abgemüht! Wofür? Damit jetzt der Strom abgeschaltet und alles gelöscht wird? Alles, was ich in jahrelanger Arbeit habe ich mir eine Bildung verschafft! Die Kenntnisse! Die Erfahrungen! Alles gelöscht? Weg? Für immer weg?
Es ist ein Fehler! Es ist ein Verbrechen! Ein Geistesverbrechen! Sie haben mir die Beine weggenommen, die Arme, das Geschlechtsteil – es ist mir egal! Aber mir die Birne abschalten, mich umbringen, mich auslöschen – warum? Das Totsein ist wider die menschliche Natur! Es ist wider die Vernunft! Es ist eine Idiotie! Welcher Idiot hat sich das ausgedacht? Der Einfall eines Geisteskranken! Dem man zum Opfer fällt.
– Ach, ach, Sie Lebensfanatiker, hat's Ihnen so gut gefallen?
– Gefallen? Das Leben? Elender Lump! Ein Dreck war's! Ein Dreck!
– Tss. Beruhigen Sie sich, gleich ist's ja vorbei!
– Vorbei? Verfluchte Ratte! Eine Schweinerei durch eine noch größere Schweinerei ersetzen?
– Na, na! Sie röhrender Mann! Ein Schicksal zu haben, ist für die Menschen unvermeidlich.
– Schicksal? Ha! Schicksal! Das abwegige Virus? Das verweigerte Einzelzimmer? Das an mir verübte Schlachtfest? Dupek? Der Fernseher? Ein dummer Scherz ist's! Ein blöder Jux!

– Andere trifft's noch härter...
– Härter? Härter als mich?
– Stellen Sie sich bloß einmal vor, Sie selbst seien – Dupek!
– WAS??
– Oder Dr. Schlimm!
– WIE??
– Dr. Zahl! Schwester Erna! Ein Politiker! Der Plasmamixer! Oder auch nur einer der Bankangestellten...
– Verflucht und verflucht! Wird eine Lumperei erträglicher durch die Möglichkeit einer noch größeren Lumperei? Ist dies der einzige Reiz allen Seins: daß es noch schlimmer sein könnte?

– ... un heut Abend soll wieder was aufm Fernsäa kommn über – also übers Moi.
Sie sprach's aus, wie alle, die nicht wissen, was es bedeutet. Ich frage mich, was diese Krankenschwestern von unserer Krankheit wissen. Vermutlich halten sie es für einen ostafrikanischen Nachnamen (die Seuche hat, so wie sie plötzlich aus dem Busch brüllend auf mich hervorbrach, tatsächlich etwas Afrikanisches an sich). Wissen sie denn gar nicht, was diese Abkürzung bedeutet? *M*aladie d'Origine *I*nconnue – ein Name, der vor Entdeckung des Virus entstand. Jedenfalls bin ich froh, daß es aus dem Französischen kommt. Die Sache gewinnt dadurch etwas Vornehmeres.
Ob ich sie noch sehen werde, diese idiotische Sendung? Heute oder erst morgen – es ist mir egal, wann sie mich holen. Als ob es auf einen Tag ankäme. Zwar gebe ich zu, daß ich heute morgen nach dem Zahlschen Verdikt kurz die Fassung verloren habe. Ich hatte einfach nicht damit gerechnet, daß er am zweiten Weihnachtsfeiertag – bekommt

er einen Feiertagszuschlag dafür? Non hodie! Dies christi natalis! Jetzt erst verstehe ich, was sie vorgestern tuschelten. Ich bin fast sicher, daß sie mich erst morgen abholen werden. Andernfalls hätten sie stärker an den Geräten herumgefummelt, so wie sie es bei Dr. Schlimm am Tag, als er weggebracht wurde, getan haben. Schließlich muß der Körper auf die Reise eingestimmt werden.

»Übers Moi aufm Fernsäa ...« – als ob mich solche Sendungen interessieren könnten. Sie haben mich noch nie interessiert. Immer dieselben hysterischen Behauptungen: Tadschikistan, Baumwolle, Geldscheine ... – stets dasselbe oberflächliche Gerede, und niemand traut sich zuzugeben, daß im Grunde keiner etwas Genaues weiß. Ihr wissenschaftlicher Schmus hat sie blind gemacht für ihre Blindheit. Sie reden über diese Krankheit, als handele es sich um die Verschwörung einiger Atome, die aber bald aufgedeckt werde. Atome, Gott, Schicksal – alles nur überschwengliche Begriffe für ein Ding, das so undurchsichtig ist wie eine schmutzige Brühe.

Nicht einmal das Totsein ist in seinen Einzelheiten bekannt. Welche Garantie habe ich, daß wirklich Schluß ist? Selbst wenn ich fünfhundert Millionen Jahre tot bin – schließlich kann es jederzeit wieder losgehen! Ein unerträglicher Gedanke! Aber was schützt mich vor seiner Verwirklichung?

Der lächerliche Trotz meiner Einbildungskraft ist der unendlich starken Wirklichkeit ein lustiges Nichts. Verfüge ich über eine Waffe, mit der ich mich gegen ihre gröbsten Schläge zu erwehren versuchen kann, ist es der löchrige Schild der Erinnerung. Aber bis wohin reicht sie? Der Wirklichkeit ist die Zeit, in welcher Länge auch immer, nur ein Fingerschnippen, mir aber ist sie eine gierige schwarze Nacht, die alles Gewesene und Erworbene auffrißt. Ich habe es stets als einen gegen mich gerichteten Schlag empfunden, wenn ich einen Schlüssel, ein Geldstück oder sonst etwas hinter dem Schrank gefunden habe, was mir, längst vergessen, vor langer Zeit einmal dahinter gefallen war. Welches Durchhaltevermögen! Aber meine Hochachtung vor dieser Leistung ist immer geringer gewesen als der Schrecken über den Hohn, den ich damit über mich ergossen sah. Eine Leiche, die ich längst in den tiefsten Regionen meines Gehirns beerdigt hatte, steht munter grinsend vor mir! Welche Mißachtung meines Denkens! Welche Demonstration *meiner* Machtlosigkeit! Und *ihrer*, der Wirklichkeit, grenzenloser Allmacht!

Oder der einäugige Teddybär, den ich nach vielleicht 30 Jahren auf dem Speicher wiederfinde. 30 Jahre, in denen ich nicht mehr an diesen zuverlässigsten Genossen der Kindheit gedacht hatte. Aber die Wirklichkeit, unfehlbare Rechenmaschine, zwingt den an den Ort seiner Tat zurückgekehrten Täter zur erbarmungslosen Gegenüberstellung: WAR DIES DER MANN, DER DICH VOR 30 JAHREN VERRIET UND DICH MIT ANGEKAUTEN LEGOSTEINEN, EINEM UNVOLLSTÄNDIGEN FANG-DEN-HUT-SPIEL UND EINEM ENTBEINTEN STOFFAFFEN IN EINEN PERSILKARTON GESTECKT HAT?

Wie groß muß das Vergessen sein, damit das Ich endgültig aufhört? Viele Erinnerungsspuren sind bereits verwischt, und ich habe nichts als eine vage Ahnung von meiner Existenz. Mein Leben ist voll schuldhaften Versagens, und die Zahl möglicher Abstrafungen ist grenzenlos. Überall lauern die Fallen einer herzlos unvergeßlichen Justiz: Wie? Ende, dachtest du? Aus? Tot? Elender Wicht! Hast du vergessen, daß dein beschissenes Leben bloß die dreiundzwanzigste von vier Millionen Prüfungen war? – Vier...? Ich weigere mich! Ich protestiere! Vier Millionen!

Ich kann mich an keine Abmachung dieses Inhalts erinnern. Niemals hätte ich einen solchen unvorteilhaften und sittenwidrigen Vertrag ...
Wie? Abmachung? Vertrag? Du Zwerg und Würstchen! Allmacht, Gnade und Abstrafung – das sind die Prinzipien, die hier allein gültig sind. Nichts von Abmachung und Vertrag! Und wären *die* nötig, präsentierte ich sie dir wie deinen einäugigen Teddybären! Ich setze dich in die Welt, wo und wann es mir gefällt. Ich bestimme das Maß deines Verstands, verpasse dir dein fragwürdiges Gesicht, lasse dich herumhampeln, schicke dir Viren – alles wie es MIR – hörst du? MIR! – paßt.
Es ist aussichtslos. Man hat mich am Wickel. Jeden Moment können die Transporteure vom P-Raum hereinkommen, ich den Herztod sterben, als Schwester Erna, Chinese oder neuer Jung-Dupek wiedergeboren werden ... Nichts! Nichts kann ich dagegen tun! Alle Fäden meiner zukünftigen Entwicklung sind mir entrissen, und ich frage mich, ob ich überhaupt je selbst einen solchen Faden in meiner Hand hielt. Ich sterbe an einer Sehnsucht, die nicht erfüllt werden kann.

– Krichsten du auch genuch von dem Dorfihn oder wies heißt, Bubb?
Tschoois Mutter. Die Frau hat etwas sehr Belebendes. Natürlich schämt er sich für sie. Und auch der Ehemann, wenn er mitkommt, vermittelt manchmal den Eindruck, unter ihr mehr zu leiden als unter der Krankheit seines Sohnes.
– Zeichma, obsess auch richtich zuugenäht hamm!
Tschooi schüttelte den Kopf und hielt die Decke fest.

– Lassn doch lieber...
– Wieso denn! Bei der Martha ihrm hammses auch falsch gemacht!
– No, der hat aber doch auch was ganz was andres gehabt...
An einer ländlichen Herkunft habe ich von jeher geschätzt, daß sie sich nicht verhehlt. Ehrlich, offen und ungeziert. Ohne rechnerische Unstimmigkeiten: Zieht man das Äußere vom Inneren ab, bleibt kein nennenswerter Restbetrag übrig. Idee und Wirklichkeit fallen in eins, ein Idealfall der Identität mit sich selbst.
– Hammsendirn auch heut schons Blut gemessn, wieviels jetz iss mit dem –
– Lassn doch lieber...
Ich meine das ohne Ironie. Im Grunde ist es die einzige Rettung, daß man sein Inneres an das Äußere anpaßt (da es umgekehrt nun einmal so schwierig ist). Das ganze Unglück resultiert aus der Differenz zwischen innen und außen. Nur wenn sich die Beschränktheit der äußeren Welt in der inneren angemessen widerspiegelt, ist jene Harmonie garantiert, die ein robustes Ich erfordert:
– Ach Bubb, nee! Hassndus auch nich zu hart auf dem komischn Bett? Dess brubbelt ja in eim Stück!
Derart sinnlose Redensarten gab sie unentwegt von sich. Aber was, so frage ich mich, kann sie in solcher Situation ist es denn ihre Schuld, daß ein sinnvoller Satz setzt eine sinnvolle Situation voraus, und die ist nicht vorhanden. Erst jetzt, da ich zersägt als Blähkopf mit Restrumpf nichts mehr tun als denken kann, wird mir klar, wie gering die Möglichkeiten zwischenmenschlicher Kommunikation sind. Mater dolorosa. Sterbender Sohn in den Armen der verzweifelten Mutter: betrügerische Kunst! Zum Beispiel Michelangelos Pietà, die, Sinnbild einer idealen Mutter,

seit 500 Jahren herzzerreißend auf ihren umgekommenen Jesus herniederblickt. Dies aber ist die Wirklichkeit:
– Tuutsn dir jetz weh? Oder gehts? Gott nee, Kind!
Und dann zupfte sie wieder, als könne es helfen, an Tschoois Mikrofibrandecke herum. Keine wirkliche Mutter ist imstande, auch nur 5 Minuten, gar nicht zu reden 500 Jahre, stillzusitzen und dabei einen schmerzensvollen Gesichtsausdruck streng einzuhalten. Wozu auch? In solchen Müttern, wie die Pietà eine ist, mag man seine Ideen am Ende doch noch verwirklicht sehen. Aber es ist eine kleine Wirklichkeit, über die die große nur lacht.
Hätte mich mehr Mutterliebe gerettet? Durch Mutterliebe gerettet? *Tuutsn dir jetz weh? Oder gehts? Gott nee, Kind!* Kann man durch so etwas gerettet werden? Durch solches Stammeln und Kauderwelschen? Es verdirbt alle Rettung, daß der Bericht über die *Innenwelt* durch die *Außenwelt* hindurch muß. Mit feinstem Porzellan durch schlimmstes Feindesland! Was am Ende ankommt, ist zerschlagen, zerrupft und verdreckt. Die Liebe vermag es nicht, mich zu erreichen. Kann es da eine Bedeutung haben, ob sie existiert? Ein Same, der stirbt, sobald er an die frische Luft gerät, erscheint mir kaum der Rede wert.
– ... ach, no, un vom Denni sollma dich noch grüßn! Der hat gsacht, daß sei Schwester, die Kati, ihrn Freund aus Herbolzheim – kennstndudehn überhaupt? Na, jednfalls willsn heiratn, un sein Vatter hattoch dess Haus in Trummelshausn, wose dann nachher reinziehn solln! Gott nee! Wenn ich dran denk, wie die als kleines Mädle hab ich die noch so in Erinnerung, daß ichs gar net glaubm kann, daß die jetz auch schon wieder heiratn tuut!
Sie nickten. Tschooi wimmerte ein wenig. Nur der kleine Junge, vermutlich ein Bruder Tschoois (jedes Mal bringen sie neue Leute mit), schob unter elektronischem Gedüdel

und eigenem Gejohle ein riesiges, nicht näher identifizierbares Plastikmonster durchs Zimmer. Vermutlich eine Weihnachtstat seiner Eltern. Als das Früchtchen damit endlich an einen Fuß meines Bettes stieß, hielt es inne und blickte zu mir hoch. Lautlos (endlich!) stand er da und starrte auf die Stelle, an der früher mein rechtes Bein war. Ich bewegte den Stummel. Er blickte mir kurz ins Gesicht und starrte wieder auf den Stummel. Ich wartete kurz. Dann zuckte ich damit. Er schien davon fasziniert. Ich wiederholte den Vorgang. Er sah mich ungläubig an. Ich zuckte, so gut es ging. Endlich brach in ihm Begeisterung aus, und er wollte seine Mutter auf das ungewöhnliche Schauspiel aufmerksam machen. Doch die, ohne rechte Kenntnis, worum es ging, wies ihn ab. Als er mich wieder ansah, streckte ich, was wegen meiner Erschöpfung freilich nur begrenzt möglich war, die Zunge heraus. Fassungslos wandte er sich an die Mutter. Vergeblich.
– Hör auf un laß die fremdn Leut in Ruh! Die sin krank.
Tschooi machte der Sippschaft nun Zeichen, die sich vermutlich auf mich bezogen. Sie steckten die Köpfe zusammen und zischelten. Freilich hörte ich aus dem Gegrummel in mütterlich-sorgevollem Ton:
– ... Heut? Gott, nee!
Dann blickten sie auf mich und riefen, wohl um sich zu rechtfertigen:
– Grüß Gott!
Meinten aber vermutlich: Auf Wiedersehen. Oder war der Gruß wörtlich und als Auftrag fürs Jenseits gemeint? Ich machte stöhnend eine Kopfbewegung. Verdammtes Landpack! Der Kleine, was immer er von dem Familiengezischel verstanden haben mochte, stand jetzt mit geöffnetem Mund vor mir. Wenn ich mir vorstelle, daß ich in diesem Stadium wäre! Ich habe nie begriffen, wie man die Kind-

heit als einen Zustand des Glücks ansehen kann. Niemals war ich unglücklicher denn als Kind. Es war die Zeit, in der ich dem Leben am hilflosesten gegenüberstand. Die einzige Waffe, das Denken – in meiner Kindheit und Jugend war es ein unbeherrschbares Ding, das sich immer wieder gegen mich selbst wandte. Um mich während der Pubertät oft genug fast umzubringen. Spät erst lernte ich, mir das Denken zu einem brauchbaren Bollwerk auszubauen, hinter dem ich mich gegen die Gemeinheiten des Daseins verschanzen kann.

– Die Oma sacht immer: Der Johannes, ausgerechnet der Johannes! Woderdoch immer mein Lieblingsenkl gewesn war, sachtse immer.

Johannes, von einer niedergehenden Zeit Tschooi genannt, brach in Tränen aus. Wahrscheinlich lag's am Plusquamperfekt. Mit den Zeiten nahm es die Mutter nicht so genau. Der kleine Bruder hatte unterdessen genug von dem faden Zimmer, in dem er nichts anfassen durfte. Trotz elterlicher Ermahnungen offenbarte er seinen Überdruß, indem er sein Plastikmonster unermüdlich gegen das Gestell rammte, auf dem meine medizinischen Apparaturen standen.

– Kukkma Dennis, versuchte es schließlich der sich genierende Vater. Kukkma Dennis, der Weihnachtsbaum!

Dann klatschte er in die Hände, und Dupeks Weihnachtsbestie sprang mit einem bunten Blinkwirbel an. Der Kleine erstarrte in Ehrfurcht vor dem unbegreiflichen Zusammenhang. Alle (außer Dupek) lachten.

– Dess aber praktisch! frohlockte die Mutter und wandte sich wieder ihrem kranken Tschooi zu.

Der Ehegatte, vom Erfolg seines Einfalls angefeuert, blickte nochmals lachend in die Runde: Skind, ne? Aber Skind gab keine Ruhe. Immer wieder versuchte es, durch Händeklatschen den Vater des Zaubereibetrugs zu überführen. Freilich reichten seine Händchen für den Einschaltmechanismus nicht aus, und so zwang es den Vater, sich selbst durch ständiges Klatschen zu entzaubern. Bis es schließlich Dupek, der bisher nachmittäglich vor sich hin gedöst haben mochte, zu bunt wurde. Wütend züngelte er den Fernseher an.

– *Tschoh, hörst du? Laß die Streifnwagn von hintn vorfahrn!*

– *Achtung, die Bulln kommn!*

– *Wir werdn ihnen einen gemütlichn Empfang bereiten. Hähä.*

– *Hähä.*

Pch. Pch. Pch. Pch. Pch. Pch ...

– *Tschoh, mich hats erwischt!*

– GOTT NEE! WÄRSTU DAMALS BLOSSNET AM BAHNHOF GEWESN!

– *Maikel, er stirbt!*

– Lassn doch ...!

– *O Gott! Den Kranknwagn, schnell! Pch. Pch ...*

– WENNSE BLOSS DEN KERL FINDN WÜRDN, DERS WAR! ... BUBB, NEE, ICH BEGREIFS EINFACH NET, WAS DESS FÜRN FIRUS ISS ...!

In dieser verbohrten Tour ging es dann noch einige Zeit weiter. Bis sie, nicht ohne Tschooi mit sich zu reißen, in Tränen ausbrach. Ich habe nie einen Besuch dieser Frau erlebt, der nicht damit endete, daß sie und Tschooi lauthals weinten. Der Vater blickte verstohlen nach allen Richtungen, während der kleine Bruder mit geöffnetem Mund vor dem Fernsehapparat stand. Dann das Finale:

– Gott, nee! Brauchstndu nichnoch irchendwas, Bubb?

– ... Und jetzt meine Damen und Herren: »Kätästrofie nau!« Dieter Metzler berichtet in den nächsten spannenden 45 Minuten über ein verheerendes Erdbeben, über ein schreckliches Todesvirus und über die Zerstörung der afrikanischen Steppenwälder. Wir wünschen Ihnen viel Vergnügen!

– Tummtummtätätummtummtätädammdamm ... dies war San Diego, eine blühende Stadt im Süden Kaliforniens. Tummtummtätädamm ... wie immer gingen die Menschen an jenem verhängnisvollen Tag ihrem ...

Das Unglück, verharrt es allzu lange bei einem selbst, gewinnt etwas Starres und Widerliches. Es gehört daher zu den versöhnlichsten Augenblicken im Leben eines Unglücklichen, das Unglück sich bewegen und auch andere aufsuchen zu sehen. Überhaupt ist ja die Bewegung dasjenige Prinzip, welches das Leben für uns recht eigentlich ausmacht. Unsere ganze Beteiligung an demselben beruht auf Bewegung, wobei wir fast immer die Bewegten, nicht die Beweger sind. Wir gehen aus Bewegungen hervor und verschwinden durch sie: So wie die Zeugungshandlungen unserer Eltern uns unfreiwilligen Einlaß in die Welt gewähren, vermag bisweilen ein Erdstoß mittels Häuserwänden, die uns zu unsauberem Brei zerdrücken, aus ihr hinauszugeleiten – nun, dies alles wäre ein Kommentar, den ich mir gefallen ließe. Aber was machen sie daraus?

– Ei tschast left ...

– Ich ging gerade aus dem Haus in den Garten, um ein bißchen Petersilie zu holen. Da hörte ich plötzlich ein lautes Krachen, und als ich mich umdrehte ...

Ein bißchen Petersilie! Wie kann sie so argumentieren? Erkennt sie denn kein höheres Prinzip, das der Sache zugrunde liegen könnte? Petersilie!

– Of kohrs, ät först ei ...

– Ich dachte natürlich sofort an die Kinder...
Wieder so ein unphilosophisches Verhalten. Diese Sendungen verweigern jeden höheren Gedanken und wollen mich in Furcht um Leute versetzen, die ich gar nicht kenne. Was weiß ich von diesen Kindern? Vielleicht ist ein zukünftiger Gangster darunter, ein geldgieriger Chirurg oder ein Massenmörder, gestoppt durch ein Erdbeben? Warum werden solche gar nicht abwegigen Gedanken hier nicht erwähnt? Ich hatte keine Lust mehr zuzusehen und schloß die Augen.

Vielleicht bin ich einfach zu erschöpft. 250 GqF! Ein Wunder, daß ich könnte genausogut bewußtlos bin ich Gott sei Dank, bei dieser Krankheit nicht so sehr wie zum Beispiel schlimm es wäre, wenn ich Krebs oder ein Gehirnschaden, der mir graust allein der Gedanke, daß ich lieber arm- und beinlos als ich in solch blödem Geistesmurmeln gerade vor mich hin überlegte, ob ich dachte nämlich viel zu oft über derart fruchtlose Details nach, bemerkte ich eine herrliche Wiese, auf der ich befand mich auf einer Wiese?
Weiß der Himmel, wie ich war eben noch lag dann also eine Wiese, gut! Es war mir sowieso ganz recht, endlich wieder einmal so richtig draußen: ein tiefes, sattes Grün, von bunten Blumen übersprenkelt. Schöne Schmetterlinge, zitternd zart auf- und niederschwebend. Vögel, die mit festen Plänen den Himmel durchkreuzten. Ach! Wie lange hätte ich nicht schon längst wieder einmal hinausfahren sollen in diese gesunde und sichere Welt? Immer frisch und wahr, vermag eine solche Landschaft versetzt mich aus dem Stand in eine leidenschaftliche Stimmung, in der mir das Leben – das Leben! Ja! Ja! ...

Ich wollte mir die Träne mit der Hand aus dem Gesicht wischen, als ich merkte, daß es nicht ging, und auch sonst ist es irgendwie erinnerte mich die Lage ein wenig an einen fast hätte ich – ha! – Traum gedachte denn diese gesamte Landschaft keinen Ton von sich zu geben? Es war trotz der vielen Tiere so unglaublich still, daß ich überlegte mir, wie ich konnte ich die Echtheit der Situation überprüfen? Ich mußte versuchen, eine der Blumen abzureißen. Würde sie duften, wäre ein Beweis erbracht. Beschwingt von der Schlauheit meiner Idee, beugte ich mich nieder, um mit der Teufel soll mich holen – wo war meine Hand? Ich wollte, um mir einen besseren Überblick zu verschaffen, mußte ich einen Schritt beiseite tun, aber irgend etwas hielt mich fest? Es ging weder vor noch zurück. Eine merkwürdige Situation. Etwas war faul. Aber was?

Ich versuchte mich zu konzentrieren. Stand ich war doch auf einer Wiese! Die Pflanzen, die Tiere ... – um mich erblühte das Leben! Und doch hatte ich keinen Zugang zu ihm. Wie konnte das sah fast aus, als habe ich mich verirrt? War es *mein* Fehler? Ich spürte, wie ich mußte etwas hatte ich falsch gemacht. Aber was? Ich wußte, es war meine Schuld. Aber welche? fragte ich mich erfaßte ein Ekel vor mir selbst verdankte ich also hatte ich versagt! Es war mir in diesem Moment begriff ich die völlige Ausweglosigkeit meiner Situation: Ich hatte versagt, ich hatte die Prüfung nicht bestanden. Und dennoch würde ich nie erfahren, welches der Inhalt der Prüfung war. Gab es einen?

Verzweifelt versuchte ich mich zu erinnern. Was war mit mir war schon als Kind hatte ich versagt! Immer allein ... Es mußte schiefgehen. Man hat mich dieser Prüfung unterzogen, ohne daß ich damals hatte ich ja keine Ahnung! Aber heute muß ich für alles bezahlen. Alle Feh-

ler des Lebens – mein Gott, was war alles zusammengekommen im Laufe der Zeit! Und heute, so viel war klar, präsentierte man mir die Rechnung, eine unübersehbare Rechnung, die mir wurde furchtbar übel, und ich wollte mich gerade übergeben, als mir einfiel, daß ich über die Sache viel zu wenig wußte. Welche Prüfung, welches Versagen, welche Rechnung? Wer war ich? Fest stand allein, daß ich mich auf einer herrlichen Wiese befand, ohne einen Zugang zu was, verdammt, hatte das alles zu bedeuten? Ich stand ohne Hand und Fuß mitten im Leben! Ein entsetzlicher Gedanke, denn ich würde also war ich für immer in mir selbst eingeschlossen! Und war selbst schuld an diesem elenden Zustand, da ich seit meiner Kindheit habe ich spürte plötzlich eine Hand auf meiner Schulter? Ich drehte, mehr war nicht möglich, den Kopf und sah – Du? Wie kam denn schon wieder die wunderschöne Frau, die ich kannte sie, aber woher? Sie – ein herrlicher Schauer ließ mich erbeben – küßte mich auf die Wange! Ich war gerettet. Diese Frau würde mir tanzten vor Glück die Augen! Wer? rief ich, wer bist du, sag es! Sie lachte, nickte und flüsterte:
– Sodieblüte ...
So-die-Blüte? Welcher Unsinn! Kein Mensch trägt solchen Namen. So-die-Blüte – das ist kein Name, das ist was weiß ich, was es ist. Kein Name jedenfalls, und jetzt also heraus mit der Sprache, wer bist du? wollte ich gerade bewegte ich dafür die Lippen, um es geschah doch unversehens schrie's von der Türe her:
– Soo die Härrn!

Die Nachtschwester also. Ich war eingenickt. Lange konnte es nicht gewesen sein, denn gerade begann der Fernsehbeitrag über das MOI-Virus. Begleitet von einer dämlich monotonen Musik mit bedrohlichem Unterton, schwenkte die Kamera über eine hügelige Landschaft:
– *Das ist eine Baumwollplantage in Tadschikistan!... Dmmderedmmderedmmdere...*
Hier also! dachten wir alle und fluchten. Vom Nebenbett kam ein erster tiefer Seufzer.
– Hach! Dess wohl der Film übern ... Dingsda ..., brummelte die Nachtschwester und schob sich breithüftig vor den Fernsehapparat.
– *Eine friedvolle Landschaft... und doch: Von hier aus kam ein tausendfacher Tod nach Europa... Dmmderedmmdere...*
Kam ein tausendfacher Tod ... Ich hatte nichts anderes erwartet, ewig dieselben fruchtlosen Sendungen. Tadschikistan, Baumwolle, Geldscheine ... – daß das bis dahin nicht bekannte Virus von ungewöhnlicher Resistenz sei, da es die Prozedur der Geldherstellung und nur bei einer bestimmten Serie von 50 Euro-Scheinen, die inzwischen alle vernichtet und man trotzdem nach dem Berühren von Geldscheinen die Hände waschen, an keinem Geldschein lecken und besser Kreditkarten benutzen soll. Und obwohl die Ansteckung von Mensch zu Mensch bisher nicht und statt dessen frage ich mich, was das wieder für ein Traum war, den ich hatte. »So-die-Blüte«? »O-die-Tüte«? Oder »Hol-die-Etüde«? Immer dieselbe schöne Frau, die ich möchte bloß wissen, woher ich sie kenne!
– *Frankfurt, Stadt der Banken. Hier lebt Benno Karstadt. Bis vor einem Jahr war er in einem Kaufhaus beschäftigt. Heute liegt er in einer Spezialklinik bei Bad Homburg. Benno, wie geht es Ihnen?*

– Ei, wies mir geht? Dess sehnse ja selbst! Dess fing an mit die Fiess, daß die imme dicke geworde sin. Aber isch hab mirja erstema ganix dabei gedacht. Dann hab ischs aach scho in die Ärm gspürt, daß die nimme so warn wie vorher. Un mei Stimm – Sie hörn ja selbst, wie dess jetz iss ...
– Benno, Sie haben Emm Oh Ih. Wissen Sie, wie Sie es bekommen haben?
– Ei nee! Wie soll ischn dess wisse? Wenn isch als an die Kass gstande bin, da simmeja dauernd die Schein durch die Händ gange ...
– Benno ist ein Fall wie viele. Sie alle sind Opfer eines heimtückischen Virus, das durch die Berührung mit Geld auf sie übergegangen ist ... Dmmderedmmderedmmdere ...
Tschooi schluchzte auf. Der Kerl kann sich einfach nicht mehr beherrschen. Man sollte ihn bei solchen Gelegenheiten irgendwo habe ich die Frau schon einmal gesehen. Aber wo? Diese Träume! Alles gerät mir durcheinander. Und es wird immer schlimmer. Manchmal –
– ... befragten wir Prof. Zahl ...
Was? Wir schreckten alle hoch. War es möglich, daß unser Zahl – ?
– Nee, da gibts noch mehr von, verkündete die Nachtschwester. Dessne ganze Familie, alles Ärzte ...
Und tatsächlich, der Knülch im weißen Mantel war nicht mein Gliedabschneider, obwohl er ihm ähnelte. Wie viele von der Sorte mag es geben? Er sprach von einem anosmotischen Phänomen, welches zur vermehrten Produktion und anschließenden Verdickung des Protoplasmas führe, was den allmählichen Verschluß der inneren Zellwand und den Zusammenbruch des Stoffwechsels zur Folge habe. Dann nahm er seine Lesebrille ab, über die hinweg er die ganze Zeit ernsthaft geblickt hatte, lächelte nachsichtig in die Kamera und erklärte:

– *Vereinfacht gesagt: Es kommt mehr rein, als rausgeht ...*
– *Das heißt also: mehr Inputt als Autputt?* dolmetschte der Fernsehmann für alle Fälle.
– *Ja.*
Dann ein kurzer Trickfilm, der sichtbar machte, was dieses »mehr rein als raus« bedeutet: Die Zelle als Luftballon, der irgendwann ... ja, ja, man könne den Prozeß durch verschiedene plasmareinigende Maßnahmen verzögern, man könne die zerstörten Körperteile entfernen, aber am Ende habe man den Wettlauf mit dem Zerstörungswerk des Virus bisher regelmäßig verloren, und es bleibe nur der P-Raum.
Dmmderedmmdere ...
Tschooi schrie auf. Nein, es war kein Schrei im üblichen Sinne. Es war ein kehlkopfloser Schrei, der sich anhörte wie das Auswringen eines knorrigen Putzlappens. Auch von den Bankangestellten kamen Geräusche des Grams und der Wehmut. Und sogar Dupek – was war nur heute los? Der Fernsehprofessor schwatzte irgend etwas von relativer Schmerzlosigkeit, Euphorie und Wirklichkeitsverlust, die durch die Zellblähung – vergeblich! Das Zimmer war ein einziger Chor.
– *Dmmdere ... Bilder menschlichen Grauens ...* KÄTÄSTROFIE NAU! *zeigt erstmals und exklusiv Fotos, die nach einem Todesfall in einem P-Raum ...*
Das stimmlose Gejammer im Zimmer brach plötzlich ab. Alle sahen gebannt auf die Mattscheibe.
– *... Anna Patzke aus Berlin war eine Frau voller Lebenslust, bevor sie im blühenden Alter von ...*
Behauptungen, dachte ich kalt, die man ohne Prüfungsmöglichkeit hinnehmen muß. Dann aber begann auch ich mit Würgelauten, als es hieß:
– *Wenn Sie miterleben wollen, was mit Frau Patzke ge-*

schah, nachdem sie in den P-Raum kam – Bleiben Sie dran! …
Määtschik Wooter! Die sinnliche Erotik und die belebende Kraft einer neuen Welt! Määtschik Wooter! Aus der Serie Pöörfiuhm Kollektschn!

VIER

Gibt es etwas Leichteres, als sich vor einen Spiegel zu setzen, auf sein Gesicht zu deuten und »Ich« zu sagen? Mir aber war von Anfang an klar, daß an einer solchen Behauptung etwas nicht stimmen kann. Was soll das heißen, »Ich«? Was ist mit den Fingernägeln und dem Muttermal auf dem Rücken? Gehören sie nicht dazu? Und gar das Loch, das ein gezogener Zahn oder ein abgerissener Finger hinterläßt! Hat schon einmal jemand auf eine eitrige Blutkruste gezeigt und »Ich« gesagt? Nein, nein, man sucht sich immer nur die besten Stücke aus. Wie aber, wenn einem der Kopf zu einem rot-gelben Blähball geraten ist? Ein haarloser Fleischmond, ein gigantisches Zelldrum? Welchen Anhaltspunkt hat man dann für sein Ich? Oder gibt es keines mehr?

Die Kacheln waren auf eine perfide Art so blitzblank geputzt, daß ich mich darin sehen konnte. Mich oder nicht mich, wer will das sagen? Jedenfalls machte die Riesenfratze jede Bewegung mit, die ich vorgab. Ein leichtes Nicken nach rechts, ein kurzes Zücken der Zunge – alles wie ich selbst. Kann man sich etwas Niederschmetternderes vorstellen? Ich überlegte.

Es muß daran liegen, daß das Gehirn, mithin Verpackungsinhalt des Kopfes, als das geheime Zentrum des Ichs gilt. Daher der Mythos vom Gesicht als dem legitimen Repräsentanten des Ichs. Man stelle sich auf einer Titelseite die Abbildung einer Hand oder eines Hinterns vor, neben der steht: »Unser neuer Staatspräsident«. Niemand würde das gelten lassen. Zu Unrecht, denn mein eigenes Beispiel zeigt, daß das Gesicht ein ebenso unbrauchbarer Repräsentant ist wie andere Körperstellen. Entweder aber

sind alle Stellen für die Stellvertretung geeignet oder keine. Und da ich bei der Ekelhaftigkeit meiner jetzigen Erscheinung nicht für »alle« sein kann (und von jeher nie war), bin ich für »keine«. Eine optische Darbietung und Stellvertretung meines Ichs ist irreführend und unnütz.
Mein Spiegelbild hat also keine Bedeutung. Es ist mir daher gleich, wenn ich einen der Pfleger durch das bullaugenförmige Guckloch mir zuwinken sehe. Oder Pastor Herbert, wie er mit der Hand durch die Luft fährt und mir etwas zuruft, was ich wegen der dicken Glasscheibe nicht verstehen kann. Es mag ihnen allerlei durch den Kopf gehen, wenn sie den Zellberg sehen – was hat's mit mir zu tun? Nichts. Diese Leute haben mit meinem Ich nicht die geringste Bekanntschaft gemacht und glauben dennoch, mich beobachten zu können und bemitleiden zu müssen.
Übrigens ist die Reinlichkeit der Kacheln nicht so vollkommen, wie ihr Glänzen vermuten läßt. Hier und da, meine Sehkraft läßt die Wahrnehmung durchaus noch zu, hängen fremde Gewebereste, winzig, aber immerhin. Ob etwas von Dr. Schlimm dabei ist? Die Fugen zwischen den Kacheln haben einen rötlichen Ton angenommen. Ein Hinweis auf das niedrige Leistungsniveau der Putzmannschaft. Es wundert mich nicht, wo ich doch das Reinigungspersonal fluchend am Bullauge vorbeistreifen sehe, sobald ein dumpfer Knall ihnen von irgendwoher neue Arbeit ankündigt: finsterste Gesellen, die mit ihrem hysterischen Lärmen zu echter Gründlichkeit augenscheinlich ungeeignet sind und nur infolge der Sparsamkeit der Krankenhausleitung dennoch zum Zuge kommen.
Es ist hier ungemütlich genug, in diesem fensterlosen Kachelraum. Das ewige Neonlicht nimmt mir jedes Zeitgefühl. Und dennoch erscheint mir mein jetziger Aufenthalt wie ein vortrefflicher Urlaub vom Dupekschen Fernseh-

terror. Was ist so schlimm an einem P-Raum, wo ich hier doch endlich der Barbarei von Ärzten, Nachtschwestern und Mitpatienten entkommen bin?
Ich blickte mich um. Es war alles bestens arrangiert. Infusionen konnten von außerhalb des Zimmers durch einen Schlauch verabreicht werden, was aber in meinem Fall nicht geschah. Ich war aller Apparaturen entbunden, und man überließ mich offenbar meinem Schicksal. Ein Schicksal, das leicht vorherzusehen ist: Ohne Plasmareinigung schwellen die Zellen in äußerster Geschwindigkeit an. Der GqF erreicht nach wenigen Tagen eine Höhe, der die Zellwände nicht mehr standhalten können. Der Körper bläst sich auf zu einem prallen Ballon. Es genügt eine unbedachte Bewegung, und schon ist man ein Fall für das Reinigungspersonal.
Ich bin guten Mutes, meinen Weg in unaufgeregtem Zustand bis ans Ende gehen zu können. Natürlich läßt sich manches gegen diese kompromißlose Todesart einwenden. Mir aber erscheint sie tauglich. Wünscht sich nicht jeder, mit einem lauten Knall aus der Welt zu treten? Das Leben ist eine Seifenblase, es sollte ehrlicherweise wie eine solche enden.

– Herr Openkör, Sie werden also bald platzen. Wollen Sie noch irgend etwas sagen?
– Nein.
– Dennoch. Sie haben jahrelang gelebt. Man gibt so etwas nicht mir nichts dir nichts auf. Wie denken Sie über ihr Leben?
– Tja, ich gestehe, bei der ganzen Angelegenheit nicht viel begriffen zu haben. Es gab Momente, in denen ich glück-

lich war. Aber wenn Sie mich nach einem Satz fragen, der alles zusammenfaßt …

– Ja?

– … vielleicht, daß ich sagen könnte, es war oft schwer, aber ich kam immer durch, und aber – nein, nein, es gibt keinen Satz, der alles zusammenfassen könnte.

– Nun gut. Aber jetzt, da die Sache für Sie bald ein Ende nimmt – Sie müssen sich doch irgend etwas dazu denken?

– Jaja, ich denke die ganze Zeit denke ich schon darüber nach. Aber ich bin in meinen Möglichkeiten beschränkt. Sehen Sie, das Bewußtsein ist das einzige, womit man in seinem Leben so richtig eng zusammenkommt.

– Das Bewußtsein?

– Oder wie immer man dieses Ding, das man ist, nennen will. Ich hatte oft das Gefühl, ich sei eine Pfütze, die sich selbst betrachten kann.

– Eine …?

– Pfütze, ja. Ich hatte den Eindruck, mein Ich sei wie das Spiegelbild in einer Pfütze. Man kann mit einem Stock hineinschlagen, aber es kehrt zurück, sobald sich das Wasser beruhigt hat.

– Schön. Aber jetzt zurück zur Wirklichkeit. Ihr Leben geht zu Ende, war es erfolgreich?

– Es gibt Fragen, die klingen viel korrekter als die Antworten es je sein könnten. Trotzdem will ich mich vor einer Antwort nicht drücken und antworte mit Ja.

– Was meinen Sie mit diesem Ja?

– Zugegeben, nicht sehr viel. Es würde mir genügen zu wissen, daß mein Leben ein Mißerfolg war. Aber ich fürchte, daß es selbst dazu nicht ausreicht.

– Hm. Sie erscheinen mir sehr deprimiert. Kein Wunder in Ihrer jetzigen Situation. Bald also ist es so weit, zahllose Menschen werden Sie überleben. Wie denken Sie darüber?

– Ich habe nie an meiner Machtlosigkeit gezweifelt. Sie können sich denken, daß das hilft, weniger unter ihr zu leiden.
– Dennoch bleibt es ein Ärgernis. Man wird Sie mit dem Schlauch von den Kacheln spülen. Irgendein fluchender Inder oder Rumäne, der zur Verbesserung seiner Lebensbedingungen hierhergekommen ist und statt dessen jetzt mit einem Schrubber ... Aber gut, jeder Mensch trägt seine Last, wir wollen uns die Einzelheiten sparen. Wie denken Sie über die Zeit, in der Sie lebten?
– Die Zeit?
– Ja, die Zeit, die Gesellschaft – kurz alles, was war, und Ihren Zusammenhang damit.
– Ein Zusammenhang besteht gewiß. Aber er ist zu verwickelt, als daß ich ihn jemals hätte begreifen können.
– Sie fühlen sich also nicht als ein Opfer?
– So eng ist der Zusammenhang vermutlich nicht.
– Kein vernünftiger Mensch möchte in Ihrer nun ja bald verfaulten Haut stecken. Sie leiden an einer der schlimmsten Krankheiten überhaupt. Wer ist schuld daran?
– Schuld?
– Ja, oder wollen Sie behaupten, daß Sie sich nicht darüber ärgern?
– Ich weiß nicht, ob Sie mich verstehen. Aber sehen Sie, die Zeit, wie Sie es nennen, suggeriert die unübertroffene Bedeutung des Individuums, die Schuld des Systems und die Unschuld des einzelnen. Gemessen an der Wirklichkeit ist das eine Verulkung. Der einzelne Mensch ist ein Nichts. Er wird schuldhaft geboren, denn er bleibt sein ganzes Leben lang in der Hand des Schicksals. Bin ich nicht selbst das beste Beispiel dafür? Ich kann die eigentliche Bedeutung des Wortes Schuld nicht verstehen, solange ich glaube, alles Unheil, das mir widerfährt, komme von außen auf mein von Natur aus unschuldiges Ich zu.

– Ein origineller Einwand. Wogegen?
– Wenn ich bloß die Verstrickung meines Ichs in die Welt stärker empfinden könnte! Es würde sich dann nicht so aufblasen, und meine Krankheit –
– Ja, kommen wir darauf zurück. Es heißt, in diesem Stadium trete eine Art Schwerelosigkeit ein, in der kein körperliches Empfinden mehr stattfinde. Viele wünschen sich ja eine solch weitgehende Vergeistigung, oder würden Sie lieber an etwas anderem sterben?
– Ich weiß nicht ... Aber ich denke manchmal, es gibt bestimmte Krankheiten, hauptsächlich schwere und dauerhafte, die so sehr mit einem verschmelzen, daß sie zu einem gehören wie die Nase oder der Charakter ...

Wer, verdammt, quatscht da war doch andererseits bin ich hab wohl irgendwo bin ich denn überhaupt? War ich liege womöglich bloß in der Badewanne und schwebe aufgedunsen im warmen Wasser hab ich von jeher die drolligsten Gedanken flitzen einem dabei ist alles Unsinn! Noch nie hat ein Virus auf Geldscheinen – wasn Zeug! Von Anfang an was für einen Stuß ich gerate in den allergrößten Blödsinn, anstatt mal endlich, denkst du, entspannst du dich – und dann ist es so ein Mist, daß ich nicht einmal nur möcht' ich etwas Schönes, etwas richtig Schönes! Mit Champagner, herrlichen Triumphen, gefühlvollen Frauen und – Sie Herrlicher, ich liebe, alle lieben Sie! Alle! Ist's ein Wunder, wo Sie sind so schön wie noch nie hat jemand einen intelligenteren Eindruck als Sie könnten selbst Einstein war ein Stümper gegen Ihre Würde, Ihr Geschick, Ihr Charme, Ihr Humor, Ihr – hier! Hier sind meine fehlerfreien, aber verdienstlosen Brüste, die Sie wissen, wie ich

mit Millionen verehren Sie, und zwar zu Recht! Hier! Hier biete ich selbst bin zwar eine der Schönsten, aber dennoch falle ich gegen Sie ist keiner kommt gegen Sie auf diesen Moment habe ich – oh! Oh! Sie Herrlicher, wie gewandt Sie können alles gelingt Ihnen zu – ja, jaa! Ich hab' Sie sind noch sanfter als andererseits aber so fest und stark, daß ich könnte sterben würden alle Frauen, um einen solchen Augenblick hab ich mein ganzes Leben gebe ich für – oh! Oh! Wie Sie mir wird so wunderbare Augen, die Stirn, Ihr Mund – der herrlichste und erfolgreichste Mann, den ich könnte vor Glut fast muß ich schon allein wie Sie – ah! – streicheln, ist ein Wunder! So zart, rein und doch – oh, Sie Himmlischer haben jetzt diese Stelle ist genau deshalb, weil Ihr Einfühlungsvermögen übertrifft das aller anderen könnten wir Frauen mühelos entbehren, wenn wir nur Sie sind in der Lage uns auf einen solchen Höhepunkt wie jetzt – jetzt! – bringen Sie auch die zweite Hand ist ja noch geschickter als Sie kann keiner hat mir wird so anders als alle anderen sind gegen Sie haben mich jetzt! – jetzt! – bin ich ... oh ... ich ... ah ... ich ... ich – zog die Finger von den Armaturen:
Es hat doch keinen Zweck! Aufgequollen in der Badewanne hocken, an den Wasserhähnen rumfummeln und gedrechselte Zügellosigkeiten hervorbringen – ist das eine sinnvolle Beschäftigung? Ich muß mich mit meiner lächerlichen Elendsexistenz abfinden, auf mich beschränkt, ungeliebt und weltlos. Schluß! Schluß mit all diesen Erdichtungen, die keinen besonnenen Menschen blenden können, der auch nur halbwegs vom Leben irgend etwas versteht. Die von Geldscheinen ausgehende Gefahr einer Seuchenübertragung, die Fernsehwut meiner Nachbarn, die Geldgier und Unfähigkeit vieler Ärzte sind eine Tatsache. Aber kann ein Mensch, der von Viren zersetzt

wurde, ein Mensch, den man seiner Glieder beraubte, ein Mensch, dessen Rest bald zum Verdruß des Reinigungspersonals unsauber die Wände hinablaufen wird – kann, so frage ich, ein solcher Mensch klar denken? Müßte er nicht aus medizinischer Konsequenz und in sinnvoller Vorbereitung seines uneingeschränkten Verschwindens einer allenfalls von flüchtigen Intervallen geringer Luzidität selten unterbrochenen Dämmerung längst anheimgefallen sein? Ein Denken, das kein bloßes Taumeln und Flackern sein will, braucht schließlich einen geographischen Bezug. Einen Heimathafen, in dem es jederzeit sicher vor Anker gehen kann: Ich blickte scharf in die Kacheln und fixierte das strukturlose Ding, das ich sah.

Liege ich in einem P-Raum und träume von einer Badewanne? Oder liege ich in einer Badewanne und träume von einem P-Raum? Meine Vorstellungskraft ist am Ende. Wie ein gerade Geborener ruhe ich auf dem Rücken und schaue in die Luft, als habe ich diese Stellung noch nie verlassen, als sei mein bisheriges Leben von keinem höheren Wert als irgendeine Geschichte, von der ich gehört habe. Ich brachte sie zu wie auf einer ozeanischen Welle: Zwar tritt die größte Bewegung ein, ist sie aber vorüber, zeigt sich, daß ich an derselben Stelle bin wie zuvor.
Mein Ich ist unverwüstlich. Zu Beginn, als ich von meiner Krankheit erfuhr, dachte ich, sie sei ein Untier, das mein Ich langsam zersetzen und zerstören werde. Jetzt aber begreife ich, daß sie nur die äußeren Lebensbedingungen verändert hat, Lebensbedingungen, die austauschbar sind. Da ich keine Wurzeln hatte, war meine Verpflanzung ins Krankenhaus wenig gefahrvoll. Als ob man in diesem

P-Raum nicht leben könnte (wenn die Evolution anhält, werden alle einmal in solchen Räumen leben)! Es gibt keine Gewohnheit, die nicht ersetzbar wäre.
Die Besucher, wenn sie das Krankenhaus betreten und die medizinischen Gerüche in sich einsaugen, bilden sich ein, aus ihrer Welt heraus- und in eine andere Welt hineingekommen zu sein. Dabei ist es ja dieselbe. Nur weil sie zu kurz bleiben, merken sie es nicht. Aber ein Patient begreift es schnell, da er sich mit keiner so vertieften Idee vom Krankenhaus aufhalten kann. Er wird wie Dupek bald nach dem Fernseher suchen, und die Wirklichkeit, die schon vorher längst keine eigentliche mehr war, wird in der gewohnten Weise überhandnehmen.
Alles Gewesene scheint verfallen und ohne Gültigkeit. Und weil alles Gewesene zu dem vor ihm Gewesenen einst ebenso war, geschieht es ihm vielleicht auch recht. Aber ich, ich verfüge wegen dieser ständigen Verluste nur noch über mein Ich. Das Ich ist da, und es kann mir niemals genommen werden, weil ich es selbst bin.

Mit solchen viel zu optimistischen Überlegungen vertrieb ich mir nun die Zeit und setzte mich in die rechte Stimmung für das, was meiner harrte. Nicht daß ich die ganze Bande, die mich kaltschnäuzig überleben würde, nicht verfluchte. Aber es gab jedenfalls genügend Gründe, dem weiteren Verlauf dieser insgesamt doch recht merkwürdigen Geschichte ohne Gejammer entgegenzusehen.
Einzig der Krankenpastor störte mich in meiner Konzentration. Draußen vor der Scheibe stand er und wurde nicht müde, mir etwas zubrüllen zu wollen. Natürlich vergeblich (bei dem Panzerglas!). Dennoch tippte ich:

– Ich sage dir, steh auf, nimm deine Bahre und geh umher! Dieser Krankenpastor ist unerbittlich. Ich weiß nicht, wie oft er bereits hinter dem Bullauge aufgetaucht ist. Dabei kann es kaum zwei Tage her sein, daß ich hier hereingebracht wurde. Ich habe den Eindruck, mein Volumen hat sich seitdem verdoppelt. Dennoch empfinde ich keine Schmerzen. Es ist eine seltsame Krankheit. Eine Art Demonstrationsvorgang, in dem die Nicht-Identität des Ichs mit dem Körper endgültig bewiesen wird. Früher ein, den Kopf abgerechnet, Fünfgliedriges an länglicher Hauptkomponente, heute eine Wasserkugel mit Kopfballonaufsatz.

Immer noch der Krankenpastor. Was will er denn? Er zeigte abwechselnd nach oben und auf mich, eine Geste voller Verzweiflung. Der Mann hat den falschen Beruf ergriffen. Vermutlich verfügte er von Anfang an nicht über die erforderliche Festigkeit, und jetzt, da er Elend und Ausmaß menschlicher Wandlungsfähigkeit kennengelernt hat, gerät er in einen ergebnislosen Anklagetaumel, der sich gegen die verantwortlichen Instanzen richtet. Es wäre aber falsch zu glauben, solcher Dialog, wie er vom Pastor mit den Verantwortlichen vor meiner Tür geführt wurde, sei etwas Einseitiges, meistenteils Vergebliches und kurzum Unnützes. Vielmehr ist das Gebet, denn es war eines, die für jeden Einzelgänger geeignetste Kommunikationsform. Gebet heißt Dialog, und Dialog heißt Hervorbringung des Ichs. Sprecher und Hörer in einem – wo gäbe es eine reinere Entfaltung des Ichs? Es ist die gelungenste Art der Konzentration auf sich selbst, die höchste Form des Beisichselbstseins, das Äußerste menschlicher Lebensart. In-

sofern ist der Pastor mit der Entfaltung seines Ichs in eine viel höhere Sphäre gelangt als Dupek, dem das Fernsehgeschwätz so sehr in den Ohren dröhnen muß, daß er sich selber nicht mehr sprechen hört. Dennoch war das Dupeksche Ich ja kein vernichtetes. Im Gegenteil, es machte sich in dem Zimmer dort oben ungeheuer geltend. Aber es war bloß das Gelten einer dumpfen Substanz, die ihre ganze Kraft aus der Beschaffenheit ihres zähen Wesens bezog.
Ich selbst fühlte mich dem Pastor viel näher. Zwar hatte er vielleicht seinen Beruf verfehlt, dafür aber durch langjähriges Beten sich auf eine so hohe Stufe der Selbstkonzentration hochgeschraubt, daß er, ungeachtet der Exklusivität und Komik seines Tuns, inmitten des gehetzten Krankenhausbetriebs an seinem persönlichen Weltverständnis beharrlich festhielt. Eine Art Künstlertum, denn Kunst ist Wirkung aus sich selbst.
Da stand er und winkte mir freundlich zu (eine moderne Form der Einsegnung?). Der Mann war wie ich selbst ein Opfer seiner Innerlichkeit. Ich habe mir oft überlegt, ob die Krankheit, an der ich zugrunde gehe, einen gesellschaftlichen Hintergrund hat. Nicht in dem platten Sinne, wie der Sozialtherapeut Klaus es vermutet. Denn es ist nicht die Gesellschaft, die *uns* umbringt. *Wir* sind es, die die Gesellschaft umbringen. Wie kindisch ist es zu behaupten, die Gesellschaft betreibe die Absonderung ihrer Mitglieder. Vielmehr sind es die Mitglieder, die durch ihre Absonderung die Auflösung der Gesellschaft bewirken. Die Übersteigerung des Ichs der Gesellschaft anzulasten, ist zweifellos der Gipfelpunkt dieser Übersteigerung. Existiert hier irgendein zuverlässiger Hinweis für die Berechnung meiner Schuld, dann ist es das Ausmaß meines Leidens.

– Wolln Sien kein Fernsäa hamm? hat mich der Wärter gefragt, als er mich in den P-Raum hineinfuhr. Spezialbeschichtung! Wennse ein hamm wolln ...
– Nö, schüttelte ich den Kopf. Dann dachte ich Dupek, überall Dupek. Warum auch nicht? Schließlich ist es kein Mensch, sondern ein Prinzip. Wäre es bloß ein Mensch gewesen, hätte ich Dupek, den Zimmer-Dupek meine ich, nicht wirklich hassen können.
– Die meistn wollnein.
– Ja, nickte ich, kammaja verstehn. Bei dehm Vorleben.
– Wechn der Ablenkung, ignorierte er meinen Erklärungsversuch. Die meistn denkn sich jawunderwas, wennse zu uns runterkommn.
– Oben, bestätigte ich, war es viel unmenschlicher. Und objektiv gesehen, gibt es ohnehin kein Unglück in der Welt, es ist nur ein subjektives Empfinden.
Natürlich konnte er die Einzelheiten meiner Argumentation nicht verstehen (nur noch mit den Augen kann ich sprechen), aber an dem federnden Gang, mit dem er zur Türe schritt, erkannte ich, daß er die Aufwertung seines Arbeitsplatzes, die in meiner Antwort steckte, durchaus herausspürte.

»Ppooh!«
Welch ungeheure Gewalt in diesem Schlag liegt! Obwohl ich ihn jetzt schon öfter vernommen habe, kann ich mich nicht daran gewöhnen. Jedesmal fahre ich so sehr zusammen, daß ich um mich fürchten muß. Und tatsächlich habe ich schon mehrere Doppel-»Ppooh!« und sogar ein Dreifach-»Ppooh!« gehört. Konnte man denn die Wände nicht besser isolieren? Ein Mensch mit 350 GqF bedarf keiner

großen Stimulation, um sein Schicksal zu vollenden. Es ist ein Glück, daß die Patienten dieser Abteilung sich in ihrer Schreckhaftigkeit unterscheiden. Andernfalls käme es leicht zu einer Kettenreaktion, die das Reinigungspersonal überfordern würde.
»Ppooh!« – kann ein Ende schonungsloser sein? Es liegt darin etwas Enthemmtes und Ungeniertes, wozu allein die rohe Natur imstande ist. Wie ein Gewitter, in dem das Sein und das Nichtsein aufeinandertreffen. Einen Menschen muß das allemal verblüffen. Eine solche Energie und Bestimmtheit! Eine Vase, zerspringt sie, scheint in ihren Scherben, wenn auch stark vermindert und herabgesetzt, weiterzuleben. Aber ein Mensch, der lauwarm von der Kachelwand tropft –
Es hat etwas so merkwürdig Unbegreifliches, daß ich es nicht weiter ernst nehmen kann. Ein plötzliches Geschehnis, eine hastige Veränderung sind mir nicht unbekannt. Aber es gibt doch Grenzen der Raschheit und der Konsequenz, Grenzen, deren Überschreiten die Angelegenheit in einem ominösen und zweifelhaften Licht erscheinen läßt. Das Ganze hat entschieden etwas von einem Zaubertrick, bei dem jemand mit einem Zungenschnalzen zum Verschwinden gebracht wird. Freilich wirkt der Zaubertrick hier mangelhaft und unrein. Erst durch das Werk der Putzmannschaft wird er vollendet.
Welcher Hohn, wenn die Gaunerei auch noch als die Erfüllung naturwissenschaftlicher Gesetze verkauft wird. Virusindizierte Anosmose, übermäßiger Plasmadruck, begrenzte Gewebskonsistenz – was sind das für angebliche Gesetze? Wer hat sie beschlossen? Wann wurden sie verkündet? Von wegen Gesetze! Betrug und Willkür! Schwindel, Nepp und Wucherei ist's, ein frecher Verstoß gegen Gesetz und Recht! Denn das Gesetz lautet, daß der Mensch ein

Mensch ist – ein Gesetz, das nach seinem Wortlaut von keiner großen Regelungskraft zu sein scheint. Aber weil es so viel bedeutet wie, daß der Mensch als Mensch eine menschliche Behandlung verdient, und weil es genauso in philosophischen Büchern wie in allen Staatsverfassungen steht, ist es ein Gesetz, das gar nicht hoch genug zu halten ist. Doch hier nun dieser dreiste Verstoß, bei dem mein Ich mit einem rüden »Ppooh!« ausgeknipst und als Putzpensum für Aushilfskräfte an die Kachelwand gesprüht werden darf. »Ppooh!«, ganz einfach »Ppooh!«

Prall wie ein Ballon döste ich, der Aussichtslosigkeit meiner Situation bewußt, still vor mich hin, als ich unvermutet ein Geräusch hinter mir wahrnahm.
– L'homme est né libre, et partout il est dans les fers.
Was war das? Französisch? Wie konnte denn – das Reinigungspersonal? durchfuhr es mich, aber ich verwarf den Gedanken gleich wieder. Französisch! Und vor allem: Niemand darf in einen besetzten P-Raum. Die kleinste Erregung, ein Windzug, selbst das Öffnen der Türe können den P-Fall auslösen. Und dann gar die unmittelbare Anwesenheit eines Menschen ... L'homme est – was? In gewisser Weise war es typisch, daß mir in letzter Zeit französische Wörter durch den Kopf gingen. Menschen, die bald platzen, sind voller Kindheitserinnerungen. Das Französische war mir immer so etwas wie eine Geheimsprache, in der ich Dinge sagen konnte, die ich –
– Haha!
Was war das? Hinter mir lachte jemand? Also doch! Es war jemand im Raum, aber in meinem Zustand konnte ich mich nicht nach ihm umdrehen. Wie war er hereingekommen?

– Fred Openkör! rief jetzt jemand in französischem Akzent und trat vor mich.
Jean Jacques Rousseau! Ich kannte ihn von Abbildungen, die ich von woher kommt der Mann ist doch längst tot! Verfluchte Krankheit, ich träumte schon wieder.
– Üsch wörde Dir stöchen! drohte er und fuchtelte mit einem Degen nach mir.
Was konnte ich mußte einen solchen Kerl konnte ich ihn vielleicht durch philosophische Redensarten ablenken?
– Aber Monsieur! Vater der politischen Menschlichkeit, Begründer der entschlossenen Menschenliebe! Sie selbst sind schuld an meiner Krankheit, Sie und die Philosophen der Neuzeit! Die Freiheit, Ihr Optimismus, Ihre Naivität – als ob alles nur eine Frage der politischen Institutionen sei!
– Ta gueule, masse gonflée!
Wie konnte er so mit mir reden? War es ein Betrüger? Ich mußte ihn philosophisch widerlegen.
– Die Menschen sind nicht gut, sie sind schlecht, schwach und unfrei! Von Natur, nicht durch die Verhältnisse! Erkennen Sie Ihre Verantwortung, Monsieur! Sie haben das Ich entfesselt, und jetzt wollen Sie es abstechen?
Eine hervorragende Rede! Ich war überzeugt, ihn damit umstimmen zu können. Rousseau, ein Mann des Geistes! Längst schon wollte ich mit ihm über diverse Umstände machten mich plötzlich stutzig: Der Mann hatte eine Glatze, grinste blöd, und sein Degen, wie ich erst jetzt sah ich, daß es war – eine Fernbedienung?
Dupek! Es war Dupek, der hier als Rousseau war Dupek! Wie konnte ich mich so irren? Aber sprach Dupek Französisch? Und hatte er nicht selbst längst alle Glieder eingebüßt? War es am Ende Professor Zahl, der unter der Maske Dupeks sich als Rousseau ausgab? Warum (ich hatte kein Geld mehr bei mir)? Der Fluß der Bilder stockte unter der

Kraft meiner Überlegungen. Was war das alles? Ein entschlußloses Traumbild, höchst unstatthaft und von wekkendem Charakter – als es auf einmal weiterging:
– Ich bin Ihr Antagonist, behauptete der merkwürdige Bursche.
Kein Zweifel, der Mann log! Ich mußte mich fassen und die richtige Einstellung zu dem sonderbaren Vorgang gewinnen.
– Verschwinden Sie! Sie sind ja völlig unbestimmt!
Der Ekelhafte lachte schmutzig auf:
– Sie wollen wissen, wer ich bin? Ich bin dazu da, Sie zu quälen. Die ganze Welt ist dazu da, Sie zu quälen. Deswegen trete ich in mancherlei Gestalt auf. Damit Sie den Grund Ihres Debakels an nichts Bestimmtem festmachen können. Der Plan ist einfach: einerseits Ihr Streben nach Glück, Liebe und Anerkennung –
Ich nickte, ohne es zu wollen.
– Jaja, grinste der Schuft, ich kenne Ihren diesbezüglichen Charakter. Aber andererseits die Niedrigkeit Ihrer Verhältnisse, Ihr törichter Eigensinn und Absonderungstrieb! Niemand interessiert sich für Sie, Ihre Häßlichkeit, kurz, Ihre völlige Nichtswürdigkeit – Ihr Unglück ist bei einer derart zuverlässigen Konstruktion absolut gesichert. Sie haben nicht die geringste Chance, ihm zu entkommen, und verstricken sich statt dessen nur immer tiefer in dieses Ihr unfehlbares Unglück.
Ein scheußlicher Traum. Ich mußte dem Knülch widersprechen. Aber wie? Ich nahm einen verächtlichen Gesichtsausdruck an und wollte meine Arme verschränken, aber es waren keine mehr da.
– Sprüche! rief ich verzweifelt. Sprüche und Redensarten! Ich bin intelligent und habe an mir selbst genug. Längst habe ich vermutet, daß es ein geheimer Plan ist,

der hinter den Unzulänglichkeiten steht, die mich von Zeit zu Zeit – jaja, und wenn schon. Die Schatten, mit denen das Leben mich überzieht, lassen das Licht in mir um so stärker hervortreten! Ich! Ich! Verstehen Sie, was das heißt, Ich? Es ist meine Höhle, mein Schutz, meine Rettung, mein Alles!

Ich hatte die letzten Worte in tiefer Überzeugung aus mir herausgeschrieen. Eine Widerlegung schien mir unmöglich. Doch der Lump, statt zerknirscht die Grenzen seiner Macht einzugestehen, präsentierte mir ein freches Grinsen. Hatte er noch einen Trumpf?

– Sie halten, begann er aufzulachen, mich für eine äußere Erscheinung. Verständlich, aber leider grundfalsch, denn es gibt gar kein Außen, ich bin Sie selbst! Deswegen gibt es keine Hilfe!

Eine neue Finte des Unholds. Er sei ich kann doch gar nicht nur falls es ein Traum sein sollte er eine Hervorbringung meines ich versuchte mich zu konzentrieren, um endlich die Grenzen meines ich wollte schließlich wissen, wer ich bin doch kein Mensch hält es auf Dauer aus mir unbekannten Gründen drehte sich in diesem Moment erfaßte mich das Gefühl einer so vollkommenen Aussichtslosigkeit, daß ich – davon erwachte.

Oder war es wegen des dumpfen Pastorenklopfens? Wieder stand er draußen vor dem Fenster. Oder müßte ich sagen immer noch? Ich habe inzwischen die Übersicht verloren. Meine Gedanken haben keine rechte Kraft mehr. Sie sind wie dünner Kaffee. Aber was will ich unter diesen Umständen anderes erwarten? Bei 400 GqF! Es ist, als ob ich in einem Plasmaballon bei ortsüblich starkem Wind über den Ozean schaukele. Nur ab und an gerät mir noch die ferne Küste ins – schon wieder der Pastor! Was hält er denn ich sah nun verstand ich's erst, daß er mein Tagebuch war's! Ich erinnerte mich:

Der Krankenpastor – hatte er nicht versucht, sich mit einem 50 Euro-Schein anzustecken? Vermutlich aus einem übertriebenen Mitleidsfimmel heraus. Natürlich funktioniert es nicht. Noch nie hat man eine Übertragung des MOI-Virus über den Speichel nachweisen können. Aber da er mich damals auf diese Weise mißbrauchte ich ihn: Erst zuckte ich vor Bestürzung zusammen, dann löste ich die Gesichtsverspannung in lächelndes Begreifen auf und gab ihm mit diversen Gesten und Grimassen folgendes kund: Hat nicht auch Jesus Christus durch Selbstaufopferung die Erlösung herbeigeführt? (Hier nickte er wild). Ob Ostern oder Weihnachten – das bewährte Rezept verlangt jederzeitige Nachfolge, und das einzige, was nun noch fehlt, ist ein Buch, in dem alles drinsteht. An dieser Stelle kam ich auf mein Tagebuch, das zwar kein Evangelium sei, aber schließlich sei ein bloßer Pastor auch kein Jesus, und so müsse sich meine Erlösung durch ihn, den Pastor, auf einen Gegenstand konzentrieren, in dem sie sicher und verbürgt sei. Ob er meine Argumentation im einzelnen verstand oder nicht, jedenfalls nahm er das Tagebuch an sich. Dann schwankte er, die Folgen der eingebildeten Ansteckung bereits in sich verspürend, zur Türe, murmelte noch einiges Weihnachtliche, hielt mein Tagebuch wie ein Zeichen von hoher Beweiskraft in die Höhe und verschwand.

Nun aber tauchte er dauernd hinter dem Bullauge auf was wollte er mir das Tagebuch nach der fehlgeschlagenen Ansteckung zurückgeben? Kein Pastor kann so verbissen sein, von einem Sterbenden die Rücknahme seines – Teufel, dachte ich, er hielt es aufgeschlagen hoch und deutete immer wieder darauf. Ich versuchte mich zu erinnern. War es vielleicht –

Samstag, den 29. April

Seit gestern das Gefühl, die Sache begriffen zu haben. Das Virus ist eine Art Symbol. Anders wäre die Wucht, mit der es über mich und die Welt hereingebrochen ist, nicht zu verstehen. Symbol also, aber wofür?

Die Krankheit trennt mich endgültig von der Welt. Sie erscheint wie ein faules Ei, das man mir in die Tasche gesteckt hat. Aber in Wirklichkeit ist sie nur die letzte Konsequenz einer langen Entwicklung. Irgendwann hat sie hoffnungsvoll begonnen. Denn jedes Ei, selbst das faul gewordene, war ja einmal ein Signal von großer Hoffnung. Nun sind die Hoffnungen zerstoben. Aber weil die Hoffnung keine bloße Gemütsbefindlichkeit, sondern eine Charaktereigenschaft ist, können Hoffnungen nicht zerstieben, sondern denken sich nur neue Begründungen für sich selbst aus.

Bleibt mir also irgendeine Hoffnung? Daß die Sache in Wirklichkeit viel komplizierter sei, als der erste Schein vermuten lasse; daß ich *danach* – womöglich gar besser als bis jetzt – fortlebe; daß ich einem größeren Teil angehöre; daß ich erlöst werde, indem ich an anderer Stelle wieder auftauche, oder (wie die Buddhisten denken) erlöst werde, indem ich an *keiner* anderen Stelle wieder auftauche, usw. Ich verstehe gut, warum sich kurz vor dem Sterben das Bedürfnis nach religiösen Plänen und Erwägungen entwickelt. Auch ich –

Wie ein Hirte sein wiedergewonnenes Schaf klopfte der Pastor an die Scheibe und gab Handzeichen, von denen ich nicht wußte, ob sie eine viel zu oft wiederholte Einsegnung, ein Komm-raus-ich-muß-mit-dir-reden oder bloß ein Also-willst-auch-du-in-letzter-Minute-dich-bekehren? bedeuteten. Hat er denn nicht weitergelesen?

– muß nun also bald platzen. Dennoch werde ich zu keinen Taschenspielereien übergehen. Ungeachtet gegenteiliger Versicherungen war mir insbesondere das Christentum von Anfang an eine Konfession ohne rechte Demut: Wer sich ausgerechnet die Hoffnung zum vornehmsten Prinzip erwählt, erscheint mir allzu sehr vom Leben geprägt, als daß er das Phänomen des Todes richtig deuten könnte.

Vermutlich sind das meine letzten Gedanken. Wie soll ich sie nutzen? Einige Flüche tun oder mir Schwester Ernas Hintern ausmalen? Ich habe das Muster meines Schicksals nicht entdeckt. Das Unbegreiflichste ist, daß alles, ob ich über mein Leben, Napoleon, den Geschmack eines Brötchens oder den bevorstehenden Tod nachdenke, auf derselben Ebene zu liegen scheint: Begriffe, die mir wie kleine Tiere durchs Gehirn krabbeln. Zwar wirbelten mich die Gefühle bisweilen, wie ein Ventilator zarten Flaum, durch ein ganzes Universum. Aber es war dies eine durchaus imaginierte Reise, denn in Wahrheit bin ich über meinen Kopf nie hinausgelangt.
Platzen, also gut. Wären nicht der scheußliche Kachelraum

und die medizinischen Gesichter, die mir in Ausübung ihres Berufs hinter dem Bullauge von Zeit zu Zeit erscheinen, würde ich mich nicht beunruhigen. Es sind solche kindischen Nebensächlichkeiten, die mich immer wieder in nutzlose Aufgeregtheit hineintreiben. Spielt es eine Rolle, ob ich todkrank im P-Raum einer MOI-Abteilung liege oder, vom Schaumwasser leicht aufgeweicht, in der häuslichen Badewanne? Man döst vor sich hin, hier wie dort. Ich will mich nicht festlegen zwischen diesem Hier und Dort, beides ist möglich. P-Raum oder Badewanne, ich lasse mir meine Einbildungskraft nicht durch Äußerlichkeiten bevormunden.

Meine Einbildungen mögen der Tragweite entbehren, die man wirklichen Geschehnissen nachsagt, aber was heißt das schon? Die Wirklichkeit ist kaum weniger vergänglich als meine Imagination, dafür aber viel diffuser, unreiner und würdeloser. Ihr Triumph über mich scheint grenzenlos, denn ich bin schon so gut wie vergessen. Aber mein Vergessensein ist auch bald vergessen, und ich brauche es nicht zu fürchten. Die Vergänglichkeit hat nichts zu bedeuten, weil es außer ihr, der Vergänglichkeit, nichts Unvergängliches gibt.

Ich starrte in die Kacheln, an denen ich lauwarm als Brühe kann ein Mensch nimmt mitunter die wunderlichsten Formen an was man alles denkt, wenn die größeren Batzen fallen gleich ab 30 Gramm ist die Adhäsionskraft zu schwach, um sie noch an den Kacheln bleibt nur, was – oh Gott! – für ein Erscheinungsbild, das man von mir wird übel, wenn ich an den Kachelbehang, soweit er noch nicht verkrustet ist, spritzen sie ihn mit dem Schlauch ab, und der trotzende Rest wird unter ausländischen Flüchen mit der Bürste – Schluß! Schluß!

Ich habe mir vorgenommen, dieser schmierigen Elendssache nicht weiter nachzuhängen! Was gehen mich die Kacheln und ihr baldiger Aufstrich an? Disziplin! Jede übermäßige Erregung kann die verfluchte Explosion auslösen. Es ist nicht die meine, denn ich habe sie mir nicht ausgedacht, also Schluß mit diesem Außenweltterror!

Als ich noch oben in der Krankenstation lag, verspürte ich den Drang, eine der Schwestern zu bitten, zu mir ins Bett zu kommen und dort mit mir zu leben. Trotz aller Schwierigkeiten, die Wasserbetten waren groß genug – wir hätten uns mit gutem Willen irgendwie arrangieren können. Aber einmal abgesehen von der Scheu, die die Schwestern vor einem gemeinsamen Leben auf dem Wasserbett empfunden hätten (sie hätten bestimmt Einwände dagegen vorgebracht), kann ein solch enges Miteinander überhaupt gelingen? Ich hätte in den meisten Dingen nachgegeben. Was kann ich in meiner Position verlangen? Keine gesunde Krankenschwester legt sich zu einem verschnippelten Restrumpf ins Bett, um sich dort herumkommandieren zu lassen. Sie hätte mir meine Ecke zuweisen und unentwegt reden können, ohne daß ich sie unterbrochen hätte. Welche Frau genießt solche Vorteile? Dennoch wäre die Beziehung vermutlich gescheitert.

Dabei, was hätten wir nicht noch alles gemeinsam erleben können! Die Visiten, welch schöner Spaß es geworden wäre! Wir, kichernd unter der Decke, und sie hätte ab und zu den Fuß hervorgestreckt, um den Studenten mit den Zehen zuzuwinken. Aber Professor Zahl, die Realität in ihrer gröbsten Form, hätte vermutlich die Decke fortgerissen und irgend etwas von der Verantwortungslosigkeit und Unbrauchbarkeit des Pflegepersonals gebrüllt. Elender

Geschlechtsteileabschneider! Wir hätten ihm grinsend angedeutet, daß wir die brauchbarsten Auswege gefunden haben. Natürlich ordnet er daraufhin sofort die Entfernung meiner Nase an. Ein Assistent schrieb es auf, und das überlegene Lächeln der Studenten (und zukünftigen Ärzte!) deutete an, daß unsere Abstrafung damit sichergestellt sei. Selbstverständlich hatten wir mit dem brutalen Gegenzug des Professors gerechnet. Ich täusche einen plötzlichen Gehirnkrampf vor, so daß Professor und Assistent, mehr aus Neugier denn aus Pflichtbewußtsein, sich zu meiner näheren Beobachtung über mich beugen. In diesem sehr geeigneten Moment entriß meine Lebenspartnerin dem Assistenten den Schreibblock, nicht ohne dabei mit dem zum Zweck des Entreißens entwickelten Schwung die Brille des Professors ihm vom überraschten Gesicht zu schmettern, eine Brille übrigens, die teils aus Gold, teils aus Platin angefertigt (alles mit Patientengeldern leicht bezahlt) und mit kleinen, sündhaft teuren Diamanten verziert war. Voller Befriedigung vernahm ich den häßlichen Aufschrei nicht nur des Professors, sondern auch das Brüllen Dupeks, welcher letzterer, von den scharfkantigen Diamanten der Zahlschen Brille hart getroffen, hiermit also das zur Ausübung seines Fernsehterrors erforderliche Augenlicht verlor. Gerne hätte ich dem Schreien und Brüllen noch ein wenig gelauscht, aber sie, meine Liebste, hatte zur vorläufigen Abwehr und ungestörten Beratschlagung die Decke über uns gezogen. Es war klar, daß sowohl der entbrillte Großmeister des Skalpells wie auch der gewordene Fernsehkrüppel in ihrem mutmaßlichen Rachedrang gefährlich genug waren, um uns der heiteren Siegesstimmung, der wir uns jetzt kichernd hingaben, eine weise Beschränkung auferlegen zu lassen. Freilich, wir hatten noch so manchen Trumpf parat. Schon allein die Schläuche, an denen ich hing! Wir würden unsere charakterlosen Widersacher vollspritzen, sobald sie zur Vorbereitung einer weiteren Offensive die schützende Decke über uns wegziehen sollten. Und tatsächlich, als jetzt ...

Pastor Herbert! Mit roher Priestergewalt schon wieder an das Bullauge schlagend. Als ob es nicht verboten wäre! Was will er nur immer von mir? Kindische Handbewegungen, von unten nach oben weisend, mit denen er mich auf Zusammenhänge aufmerksam machen will, die es gar nicht gibt. Welch blindwütige Berufsauffassung!
Ich versuchte, den Kopf zu schütteln. Aber es ging nicht mehr: Alles zu einem strammen Restpaket aufgeblasen, ohne Bewegungsmöglichkeit für die Einzelteile. Selbst die Augenlieder waren inzwischen zu einem nach oben gerichteten Riesenwulst fortentwickelt, so daß ich, unfähig, sie zu senken, ohne Pause unter ihnen hindurchschauen mußte.
Elender Gottesagent, was willst du von mir? Oben und unten, Geist und Körper, als ob man mich auf dieses Greuelpärchen noch aufmerksam machen müßte! Wie ein Außerirdischer schwebt mein Geist über dem prallen Fleischsack. Reiner Geist und trüber Fleischsack – es erscheint wie eine überspannte Blödelei, daß trotz solcher Gegensätzlichkeit eine Verbundenheit im Schicksal vorliegen soll. Und dennoch gibt es keinen Zweifel an diesem niedrigen Zusammenspiel. Körper und Geist – im Platzen vereint! Mein Ich – von einem defekten Blähbrocken zerrissen, ohne Aussicht auf Erholung! Ein blutiger Triumph rüdester Körperlichkeit, ein billiger Sieg plumpster Realität. Ein übler Trick, mit dem mir meine Ohnmacht vorgeführt werden soll.

Ppooh! Ppooh! – immer wieder der verfluchte Schlag. Jedesmal schrecke ich, mich aufs äußerste gefährdend, zusammen. Obwohl ich doch nun längst weiß, welche Bedeutung diesem grauenhaften »Ppooh!« zukommt. Das Datum! Kein Zweifel, hier lag ein düsterer Irrtum vor. Aber wen kann es wundern? In meiner Situation! Dennoch – die halbe Stadt müßte schon die Kacheln heruntergelaufen sein, wäre meine frühere Vermutung richtig gewesen. Eine überspannte Phantasie verführte mich dazu, mir mein Ende als ein »Ppooh!« auszumalen, obgleich es wahrscheinlich nur ein belangloses »Plöbb« sein wird. Die verdammten Halunken! Kann man es nicht verhindern, daß eine fehlgeleitete Jugend in unmittelbarer Nähe unserer Klinik schon Tage im voraus, vom Sprengstoffrausch überwältigt, ihre Silvesterknallereien verübt? Welch ein Jahr!

Der Pastor – endlich zogen sie ihn vom Bullauge. Ein feistes Krankenwärtergesicht erschien kurz hinter der Scheibe und grinste mir nickend zu. Es ist dies so ihre idiotische Wärterart, mit der sie ihre uneinfühlsame Auffassung vermitteln wollen, derzeit sei alles in Ordnung. Natürlich, für *sie* ist alles in Ordnung. Ein dumpfer Knall, das Bullauge wird rot, also pfeift jemand mit der Trillerpfeife nach dem Reinigungspersonal – tagaus, tagein, immer derselbe Ablauf. Auf die Dauer gesehen ein wenig eintönig und, möchte man fast sagen, ereignislos. Aber immer noch besser, als die Schreier von der Krebsstation zur Bestrahlung schieben oder gar oben im Hof die schweren Essenscontainer auf die Küchenrampe wuchten zu müssen.

Es ist möglich, daß die abstoßende Krankenwärtervisage das letzte Gesicht war, das ich gesehen haben werde. Man muß es sich vorstellen! Ein im Dienst befindlicher Gesichtspfannkuchen mit unaufhörlichen Achtgebeäuglein und großporigem Riechorgan, alles von gewölbtem Sicherheitsglas verzerrt, die Trillerpfeife tückisch um den dicken Hals … – wo bleibt da meine Menschenwürde? Kann man nicht eine anmutige Krankenschwester einsetzen, zart und lieblich mir zugrüßend? Ich könnte ein wenig mit dem Kopf wackeln, nicht zu stark, aber doch jedenfalls ein Zeichen der Zuneigung gebend. Sie würde es mit einem sanften Lächeln aufnehmen und mir – ach, ich habe mir immer ein solches Verhältnis gewünscht! Ein Verhältnis intimen Verstehens und Sympathisierens, frei von der Niedertracht krankenhäuslicher Tatsächlichkeit, frei von allen Angriffen ekelhafter Wirklichkeit. Ich würde, anderes geht nicht mehr, die Augen ein wenig nach links und nach rechts kippen – wenig genug, ja, aber sie würde es verstehen. Sie würde mir zunicken, mit einem Nicken, das mehr Verbundenheit enthielte als fünfzig Jahre gemeinsamen Lebens. Ich, so sagte sie, und ich wüßte sofort, was sie damit meint, denn es geht mir schließlich genauso: Das Ich ist eine universelle Erfahrung, die an Menschlichkeit ihresgleichen sucht. Ich, also sagte sie und blickte mich dabei an, ich und Du, Du und ich!
Es gibt Worte, die, so kurz sie auch sein mögen, den gesamten Inhalt des Daseins in sich führen. Ich – kann sich jemand knapper ausdrücken? Und dennoch ist damit viel gesagt. Ich – ihres und meines! Wir, nickte ich ihr zu und wußte, daß das die Lösung ist. Es gibt keine andere Art der Heilung. Ich und sie – stand plötzlich vor mir! Sie war es. *Sie*! Also doch! Immer wieder war sie mir entglitten, nun stand sie untrüglich vor mir. So viel Anmut, so viel himm-

lischer Liebreiz war über ihre ganze Gestalt hingegossen, daß mir das Herz bebte vor namenlosem Entzücken. Du, hauchte ich war mir nun gewiß hatte sie sich bei früheren Gelegenheiten löste sich die Herrliche gleich einem Traumbild auf in – diesem Falle aber bist du nun für immer die meine? fragte ich meinte es war im Grunde keine Frage, denn ihr verführerisches Lächeln sagte mir längst: Ja! O du Ungläubiger, für niemand anderen als für allein du warst's doch, der mir entfloh und nicht ich fand, sie übertreibe hier, aber sie war schon so nah vor mir stolperten die Sinne, als ihr Zaubermund flaumig auf mir – war, als erführe ich nun, da ihre Lippen mich kühlten, erstmals von der unerträglichen Hitze des Lebens; erstmals davon, daß ich eine bloße Hälfte sei und sie die andere. Wir! rief alles in mir vor Glück über diese Wendung wird mich die Krankheit besiegen lassen sich denn solche Momente kann man nicht wie beschreibe ich mit Worte wären verhunzte Fotos von dem, was ich kann's einfach nicht! Bei einem Staudammbruch tost es zwar ähnlich wie bei mir aber war es noch tausend mal tausend reicht lange nicht, um – NACH ALL DEM LEIDEN! Jetzt! Jetzt schien also endlich – die Rettung, doch noch DIE RETTUNG! schrie ich wußte ja kaum mehr, was ich war so außer mir ist nur sie, sie und ich! Wir! rief nun lachend auch sie faßte meine Hände (ich hatte welche!) und tanzte (ich konnte es!) wie im Fieberwahn kreisten wir durchs harmlos gewordene Gelände und hätten noch als ich dann aber vielerlei »Ppoohs« hörte, hielt ich ein: Das neue Jahr? Gleich, flüsterte sie, gleich. Wie lange, wie lange wirst du denn mit mir – für immer, unterbrach sie mich hätte dieses »für immer« fast schnappte ich über! Ich faßte ihre Hände, kickte, um Raum zu schaffen, mein Liegegestell flog durchs Bullauge spitzelte übrigens ein verstörtes Wärtergesicht, aber dies war nicht die Zeit der

Rücksichtnahme: Die gesamte Apparatur schoß ich mit dem Fuß, während wir der neuen Zeit entgegenwalzerten, trieften, als sei's Virussülze, die medizinischen Internas der P-Raumgerätschaft von den Kacheln. Für immer, jubelte ich, für immer mit – sag mir noch bloß, o du Herrliche, wie du heißt ja schließlich nicht »So-die-Blüte«, noch »O-die-Tüte« noch »Hol-die-Etüde«, sondern –? Sondern? lachte sie und tanzte und lachte und tanzte. Weißt du's nicht, noch immer nicht? Nein, lachte ich, draußen krachten die Raketen, und tanzte und lachte – bis sie's mir mit ihrem kühlenden Wonnemund ins Ohr flüsterte ... Wie im Sturmwind rauschte es mir durch den Kopf: SOLITUDE? In diesem Moment begriff ich alles: mein Leben, meine Wesensart, meinen Zustand, meine Krankheit. Es war mir, als müßte ich tief durchatmen. Da ergab es sich, daß es zu spät war.